파미르에서 열흘

파미르에서 열흘

—

초판 1쇄 2025년 4월 7일
지은이 사막의형제들
펴낸이 김영재
펴낸곳 책만드는집

—

주소 서울 마포구 양화로3길 99, 4층 (04022)
전화 3142 - 1585·6
팩스 336 - 8908
전자우편 chaekjip@naver.com
출판등록 1994년 1월 13일 제10 - 927호

—

—

ISBN 978 - 89 - 7944 - 894 - 8 (03810)

사막의형제들 지음

책만드는집

| 차례 |

파미르 그 열흘간의 일기

김금용

김영재

김일연

김지헌

김추인

백우선

윤효

이경

이경철

이채민

조연향

최도선

홍사성

이정

파미르
그 열흘간의 일기

2024. 8. 24. – 9. 3.

영상으로 달래다

백우선

오늘은 '사막의형제들'이 파미르고원으로 떠나는 날이다. 전에 봤던 다큐(KBS 〈고원의 집〉) 영상과 관련 자료를 찾아보며 못 가는 아쉬움을 달랬다.

평균 6천 미터 이상인 고원의 5천 미터 지역에는 눈표범, 바랄(솟과), 늑대, 여우, 야생 야크 등이 산다. 야생 야크 수컷이 번식기에 젊은 수컷과의 싸움에서 밀려나면 4천 미터 유목 지역으로 내려온다. 짝을 찾다 암소와 맺어지면 아르군이 태어나는데, 이는 덩치도 크고 우유도 많이 나온다. 사람에겐 온순하나 강해서 늑대와 맞서 싸우고 유목 야크 떼를 앞에서 이끌기도 한다.

유목민 투라벡 씨(45세), 겨울이면 가족은 아랫마을에서 지내고 그만 혼자 남아 야크(50마리)를 돌본다. 변덕이 심한 날씨, 눈표범의 습격, 적막을 견뎌내야 한다. 그는 한때 전기기술자로 도시에서 살았으나 결국 유목의 삶을 선택했다. 종일 황량함과 눈보라, 영하 40도의 맹추위도 이겨내야 한다. 기후 변화로 매년 초지가 줄어들자 가축의 수도 줄고 굶주린 맹수들의 습격도 잦아진다.

아랫마을은 5백 명이 사는 바시굼베즈. 타지키스탄 땅이지만 대부분은 키르기스스탄 유목민이다. 스마트폰도 이용한다. 그곳에서 겨울을 나는 투라벡 씨 가족은 어머니(75세?), 임신 중인 부인(35세), 딸(16세, 2세), 아들(11세, 8세), 모두 여섯 명이다.

여덟 살 히크마트는 심심해하던 어느 날 아빠한테 가려고 혼자 길을 나선다. 다섯 시간이 걸렸지만, 그곳에는 놀 것이 많다. 바위 밑의 흙을 파낸 뒤 그 앞에 돌멩이를 쌓고 구멍을 내어 굴을 만든다. 토끼를 잡으면 먹을 것도 나눠주며 키울 생각이다. 땔감도 주워 오고 아빠한테서 무릎에 좋은 약재인 무이오 찾는 것도 배운다.

지인이 한 달 전쯤 다녀와 올린 「타지키스탄, 파미르 가는 길」(네이버 블로그 '산사랑장길산') 자료도 찾아본다. 누렉 저수지, 언덕 위 휴게소, 황량한 고원지대, 홀북, 쿨롭, 카부라보트고개, 검문소(카메라 뺏기고 억류됐으나 사과하고 사진 지우고 겨우 해결), 판지강(아프가니스탄과 국경), 칼라이쿰, 계곡 옆 게스트하우스(빨강, 노랑, 분홍 꽃, 어린 딸 둘의 우리말 인사 "안녕하세요?").

영상과 자료들을 보고 나서도 폭염은 계속되고 있었다. 파미르고원으로 갔으면 피서가 되었겠다는 생각도 들었다. 더위가 조금이라도 수그러들기 시작하는 5시쯤 집을 나섰다. 날마다 가는 뒷산 약수터까지의 산책이다. 왕복 한 시간쯤 걸렸는데, 아팠다 나은 지난해 가을부터는 삼십 분이 늘어났다. 빨리 걸으면 숨이 가빠 천천히 걸어야 하기 때문이다. 오늘은 파미르를 상상하며 걸어보기로 했다. 눈에 보이는 것들을 지우고 바꾸고 고도도 높이며 걷다 쉬다를 더 자주 되풀이해 보기로 했다. 이곳에서 그곳을 걸어보는 것이다. 유목민과 야크 떼도 보고, 검문소 사진도 몰래 찍어보고, 골짜기로 흐르는 판지강도 내려다보고, 그 건너편 아프가니스탄 마을도 눈여겨보고, 계곡 옆 게스트하우스 소녀의 우리말 인사도 받아보며 걸었다.

그러면서 또 여러 가지가 떠올랐다. 스웨덴 환경운동가 그레타 툰베리, 파미르 유목의 미래, 유효기간이 지나가 버린 여권, 전쟁, 종교와 민족 갈등, 한반도 전쟁 위기 고조, 타지키스탄 장기 집권 대통령의 독재 등등…….

다시 태어나기 위하여 늘 어디론가 가려고 한다

최도선

사막팀 여행 계획이 나오기 전에 한국 불교학회에서 메일과 문자가 들어왔다. 티베트 12일 여행! 눈에 확 들어왔다. 티베트보다도 막고굴, 맥적산, 명사산이 반가웠다. 사막팀이 내가 합류하기 이전에 첫 번째로 다녀온 실크로드 여행 코스였기 때문에 늘 가고 싶었었다. 무조건 신청했다. 그리고 얼마 뒤 사막팀 여행 코스와 일정이 나왔다. 고민은 됐지만, 남편 건강이 좋아져 준비해 놓은 식사는 혼자 할 수 있다며 나이 더 들기 전에 다녀오라기에 그 말에 신이 나 여행 경비를 바로 입금했다.

고산증이 심하다는 여행 코스의 두려움과 조금은 건강치 못한 남편을 두고 떠나는 부담을 안고 7월 26일 토요일 저녁 티베트 여행을 떠났다. 며칠 후 고산증에 시달리는 중에 작은딸에게서 전화가 왔다. 아빠가 넘어져 다쳤다는……. 불안의 연속. 8월 6일 저녁 돌아와 보니 남편의 상태가 좋지 않았다. 이런 상황이니 키르기스스탄 여행은 포기할 수밖에 없었다.

사막팀이 떠나는 오늘 아침부터 울적해 카톡에 들어와

있는 키르기스스탄 초원에 펼쳐진 야생화를 보며 우울을 떨쳐버리고 「쓸쓸함에 대하여」라는 시의 초고를 잡았다.

오후에는 읽다 만 알베르 카뮈의 『여행일기』를 다시 꺼냈다. 미국 여행 일기인데 카뮈의 책 중에 제일 재미가 없다. 아니 마음이 딴 곳에 있어서 글이 마음에 와닿지 않아서일 게다. 왜 나는 자꾸 어디를 가려고 하는가? 여행의 시간은 정체돼 있지 않고 몇 배로 시간을 증가시킨다. 새로운 경험은 내게 새 힘을 제공한다. 그래서인지 나는 늘 어디를 가려고 한다.

저녁 무렵 내 마음을 읽은 듯한 큰딸의 "엄마, 10월 초에 일주일 내가 아빠 우리 집으로 모셔 갈 테니 동생 가 있는 시드니 다녀와"라는 전화를 받고서야 창밖의 물오리가 눈에 들어왔다.

5년 만에 떠난 파미르 여행

홍사성

핸드폰에 맞춰놓은 알람이 울었다. 5시 30분. 아직은 이른 아침이다. 아내는 벌써 눈을 뜬 모양. 부엌에서 그릇 부딪치는 소리가 난다. 어제저녁에 싸놓은 짐을 다시 한번 살펴본다. 다른 건 몰라도 혈압약과 전립선약은 꼭 챙겨야 한다. 하루 이틀은 괜찮지만 열흘 이상은 곤란하다. 언젠가 지방 여행을 갔을 때 혼난 적이 있다. 다행히 약은 배낭 뒷주머니에 얌전하게 들어 있었다. 세 계절 옷이 필요하다는데 겨울옷은 아무래도 과한 것 같아 몇 번이고 꺼냈다 넣기를 반복했다.

부엌에서 부르는 소리가 났다. 공항 가면 식사할 시간 없을 거라며 샌드위치를 한 조각 먹고 가란다. 어제저녁 시큰둥하던 것과는 다른 표정이라 마음이 놓였다. 간단한 식사를 마치자 6시 40분. 공항버스 시간이 7시 5분이니 서둘러야 한다. 마지막으로 여권과 지갑을 확인하고 대문을 나섰다. 아내가 등 뒤에서 당부를 했다. "제발 아무것도 사 오지 마세요. 건강하게만 돌아오면 돼요." 여행을 떠날 때마다 듣는 잔소리다.

공항버스는 정각에 왔다. 인천공항까지는 한 시간 십 분.

우리가 만나기로 한 시간은 8시 30분이니 여유가 있었다. 평소보다 일찍 일어난 탓인지 약간 피곤했다. 그러나 잠은 오지 않았다. 창밖을 내다보는데 지난 몇 년간 떠났던 여행이 주마등처럼 스쳐 지나갔다.

이번이 다섯 번째다. 처음으로 팀을 꾸려 집을 나선 것이 2016년이다. 그해였던가 전해였던가 인사동에서 친한 문인들 몇이 모여 술자리를 가진 적이 있다. 이상문 선배 문학상 축하 모임이었다. 면면은 소설가 이정, 평론가 이경철, 시조시인 김영재, 시인 윤효, 그리고 나 여섯 명이었다. 무슨 말 끝에 누군가가 갑자기 실크로드를 가보자는 제안을 했다. 거기에 가면 시도 소설도 무진장 쏟아질 것이라고 했다. 우리는 술김에 그러자고 호기롭게 동의하고 결의에 찬 술잔을 부딪쳤다.

대개 술자리에서 한 약속은 흐지부지되기가 일쑤다. 그런데 이 약속은 그렇게 끝나지 않았다. 여행 좋아하는 김영재 시인이 통장을 만들어 월부금을 받기 시작했다. 중국 쪽 사정에 밝은 소설가 이정은 현지 정보를 수집했다. 맞춤한 현지 가이드도 한 사람 확보했다. 바야흐로 우리는 진짜 오지 여행에 나설 참이었다. 그런데 문제가 있었다. 우리끼리 한 팀을 만들려면 최소 열 명이 필요했다. 여성 문인과 함께 가는 것도 고려해 보자는 의견이 나왔다. 윤효 시인이 섭외에 나섰다. 금방 김추인, 이경, 김지헌, 김금용 시인이 합류를 결정했다. 이렇게 해서 우리는 꿈에도 그리던 난주, 돈

황, 투루판, 우루무치를 답파하는 열흘간의 실크로드 여행을 떠났다.

그때의 기억이 너무나 행복했던 우리는 이 여행을 한 번으로 끝낼 수 없었다. 2017년에는 우즈베키스탄의 타슈켄트, 사마르칸트, 부하라, 히바를 가는 중앙아시아 여행, 2018년에는 차마고도, 2019년에는 바이칼과 몽골을 다녀왔다. 우리는 스스로를 '사막의형제들'로 불렀다. 돌아오면 문집도 만들었다. 그사이 우리 팀에는 김일연, 백우선, 최도선, 조연향 시인이 합류했다.

우리는 2020년에는 세계의 지붕 파미르를 가보기로 했다. 그러나 이 계획은 코로나가 번지면서 중단됐다. 작년에도 재작년에도 여행은 가능했지만 각자의 사정으로 팀을 꾸리기가 쉽지 않았다. 그렇게 애태우다 드디어 다시 떠나는 여행이었다. 아쉬운 것은 이번 여정에는 김일연, 백우선, 최도선 시인이 개인 사정으로 같이 못 가는 것이다. 대신 이채민 시인이 들어와 세 사람 몫을 하기로 했다. 5년 만에 떠나는 여행이다. 얼마나 설레는 일인가.

공항에는 형제들이 이미 모두 도착해 있었다. 모두 웃음 가득한 얼굴들. 출국 수속을 하고 알마티를 거쳐 키르기스스탄으로 가는 비행기에 올랐다. 비행기는 한 시간 삼십 분이나 늦은 12시에 이륙했다. 나는 얼른 핸드폰을 열고 메모를 시작했다.

돼지 같은 하루를 위해서가 아니라
검독수리 같은 하루를 위해

더 쌓아놓기 위해서가 아니라
다 비워버리기 위해

세상을 탓하기 위해서가 아니라
살아 있음을 감사하기 위해

남 앞에서 잘난 척하기 위해서가 아니라
남 뒤에서는 못난 척하기 위해

보이는 것만 보기 위해서가 아니라
안 보이는 것을 보기 위해

그리운 것들을 잊기 위해서가 아니라
더 그리워하기 위해
–「다시 길을 떠나며」

카르페 디엠

김일연

브루클린에서 살고 있는 큰딸 자윤이네 가족과 작은딸 은수가 집에 다니러 온다. 자윤이네 가족은 자윤이와 사위 미켈레, 그리고 두 딸 로렌스와 솔이가 있다. 내겐 손녀가 둘인 것이다. 큰손녀의 이름은 이태리 태생인 아빠의 성을 따고 미들네임을 한국식으로 지어서 '로렌스 해인 리자또 Lawrance Hein Rizzato'이고(해인海印이란 가운데 이름은 내가 지어 주었다.) 작은손녀의 이름은 엄마의 성을 따서 '솔 미우차 이 Sol Miuccia Yi'이다. 부모는 같지만 자매의 성은 다른 것이다. '솔'은 우리말로 하면 소나무를 뜻하고 이태리어로 하면 태양을 뜻한다. 그래서 그런지 로렌스는 아빠를 꼭 닮았고 솔이는 엄마를 빼다 박았다.

나는 최근 박진임 교수가 소개해 준 캐시 박 홍의 『마이너 필링즈』를 흥미 있게 읽고 있었다. 「예술가의 초상」 챕터에 나오는 '차학경'이라는 이름 때문이었다. 그녀의 가족은 한국전쟁을 겪으며 부산으로, 또 『파친코』의 선자네 가족처럼 일본으로 피난 갔다가 마지막엔 미국 이민자가 되었다. 차학경은 코리안 디아스포라 여성 예술가였던 것이다. 그녀는 책 『딕테』의 출간으로 막 독보적인 업적을 남긴 서

른한 살에 남편이 일하는 건물의 경비원에게 성폭행당하고 무자비하게 살해당했다. 그녀의 동서양과 시대를 종횡무진 초월한 독보적인 업적이 잘 알려지지 않은 것은 그녀의 삶의 마지막이 수면 위에 드러내 놓고 논하기에 너무 끔찍하기 때문이라는 의심도 있다. 내가 차학경을 알게 된 것은 작은딸 은수가 그녀를 연구 과제로 삼고 뉴욕으로 유학을 갔기 때문이다.

어릴 때부터 용감하던 큰딸 자윤이는 두 딸의 성을 다르게 지을 정도로 개방적이며 활동적인 삶을 살고 있고 작은딸 은수는 고난의 현실 속에서 자신의 정체성과 자아를 찾아 세계의 막힌 벽에 도전했던 한국의 천재적 예술가의 혼을 찾아 고군분투하고 있다.

형제들은 파미르고원으로 향했지만 나는 아이들을 픽업하려고 공항으로 달려가고 있다. 아이들은 1년에 한 번 3주간 한국에 다녀간다. 이맘때면 손녀들에게 '한국을 어떻게 알려줄 것인가'를 늘 고민하곤 한다. 큰손녀 로렌스는 이제 아홉 살이고 어릴 적의 기억이 다져지는 나이인 것이다. 자연스럽게 한국의 음식을 알게 하고 한국의 자연 속에서 많이 뛰어다니게 해야겠다는 생각이 먼저 든다. 음식만큼 사람들을 친해지게 하는 것은 없으니까. 다행히 꼬맹이들은 이미 할머니가 만들어주는 흰밥과 김, 그리고 김밥을 좋아하고 떡국을 좋아하고 곰탕과 불고기를 좋아한다. 그리고 로렌스는 벌써 한국의 시조를 안다.

내가 작년에 출간한 영역 시조집 『세상의 모든 딸들All the Daughters of the Earth』의 가장 큰 독자는 로렌스이다. 그 애는 할머니의 시집을 애지중지하며 자신이 가장 사랑하는 책이라고 말한다. 내게도 로렌스를 생각하며 쓴 시조가 몇 편 있지만 할머니의 시에 영감을 받아서 직접 지었다는 시를 내게 낭독해 주기도 하는데 그러나 그 애의 현재의 꿈은 엔지니어가 되는 것이다.

지금 우리나라의 가정들은 아마도 작은 지구촌이라 할 수 있을 것이다. 에너지가 넘치는 가족과 가정들은 여기저기 치솟는 활화산의 군집과 같다. 나는 아이들이 지구촌의 많은 것을 흡수하길 바라고 그렇게 해서 생긴 에너지가 충분히 그리고 조화롭게 분출되길 바라고 또 그러는 가운데 단단하고 현명하게 가장 잘 갈 수 있는 제 길을 찾길 바란다.

카르페 디엠. 나는 지금을 어떻게 충실하게 살 것인가.

손주에게 밥알을 씹어 먹이던 할머니의 모습은 이제 사라지고 없다. 아이들의 시대를 이해하고 동조하면서 대화를 나눌 수 있는 할머니가 되고 싶다, 어려운 일이 있거나 힘든 일이 생길 때 편안한 그늘처럼 다가올 수 있는 할머니가 되고 싶다, 이런 생각들을 주섬주섬 하면서 공항으로 달려간다.

파미르의 광대무변한 산악과 협곡의 신성한 바람 속에서 형제들께서 많은 영감을 받으시길, 그리고 무사 무탈하게 돌아오시길 기원하면서.

해발 3,016미터
송쿨에서 하룻밤

이채민

'송쿨 투어, 하늘 아래 마지막 호수'
여행사에서 보내온 일정에는 그렇게 적혀 있었다.
그러나 나는 '하늘 아래 첫 번째 호수'로 고쳐 읽었다.

어제 도착한 수도 비슈케크, 소피아 호텔에서 조식을 마치고 우리 일행은 분주히 떠날 채비를 했다. 두 대의 차로 나눠 타고 약 일곱 시간을 나린주에 위치한 해발 3,016미터 송쿨호수가 있는 남동쪽을 향하여 달렸다.

얼마나 왔을까? 실크로드의 등대, 부라나 타워(미나렛)가 있는 토크목에 도착했다. 10세기에 지어진 타워는 지친 카라반들에게 등대 역할을 했고 장사를 하던 무슬림들은 육신과 영혼을 위해 기도를 올리는 장소로 이 탑을 신성하게 여겼다고 했다.

실크로드의 동과 서를 연결하는 대표적 무역도시로 성장한 토크목은 성채의 잔재와 마부조레이라는 장군들의 묘역과 투르크 민족의 묘비인 발발석이 즐비했다.

코치코르, 대상들이 쉬어 가던 중간 기착지에서 컵라면과 주먹밥으로 점심을 먹은 우리는 노랑두메양귀비가 지천인 앵무새 33길을 배경으로 사진을 찍고 우리가 왔음을 하늘과 땅에 알리기에 바빴다.

처음 마주친 산과 풍경이었는데 왠지 낯설지 않아서 좋았다. 다시 차를 타고 목적지를 향해 달렸다. 그러나 점점 해발이 높아지면서 처음과는 달리 차 안은 웃음소리와 말소리가 줄어들며 조용해졌다. 몇 시간을 더 달렸을까? 오늘의 목적지인 송쿨 북쪽에 있는 유르트 캠프에 도착했다.

처음이란 설렘이고 두려움이다. 유르트 숙소에 도착한 우리 일행은 처음 맞닥뜨린 유르트 환경에 모두 놀라고 말았는데, 시설이라고 말할 수 있는 구분 지어진 구역은 30미터 정도 떨어진 화장실이 전부였고 유르트 숙소를 빼고 초원은 그야말로 똥밭이었다. 말똥, 소똥, 양들의 똥이 지천인 땅은 기름졌으므로 영하의 기온에도 뿌득뿌득 풀들은 자랐고 똥의 주인들은 조용히 똥밭 사이사이 풀을 뜯고 있었다. 평화로웠다. 그러나 유르트는 매우 허술했고 추웠으므로 우리는 모자와 장갑, 머플러 등으로 중무장을 하고 잠을 청했다. 말린 소똥으로 불을 피운 난로는 언제 꺼졌는지 밀려드는 추위에 나는 잠에서 깨어났고 거적 같은 문을 밀고 밖으로 나갔는데…….

차마 말로는 말 할 수 없는
예언 같은 세상을 보았는데
문란한 별들의 행위는 너무 아름다워서 눈물을 맺히게

했는데

첫 경험은 이런 것이었구나

그래서 나, 여기에 왔구나

잠시 하늘을 향해 두 손을 모았다.

고산병 환자 발생

이정

옷을 껴입고 잤는데도 무척 추웠다. 초저녁에 피운 난로까지 꺼졌다. 한국에서는 열대야가 연이었다. 그까짓 것 하는 마음으로 동복을 부실하게 가져온 게 걱정되었다. 일찍 일어나 호반을 거닐던 경철 형이 호숫가에 얼음이 얼었다고 했다. 하얀 띠가 호숫가에 길게 이어져 있었다. 기온은 섭씨 7도. 그럴 리가 하는 생각을 그럴 수도 있겠다는 생각이 눌렀다. 사성 형과 함께 산책 겸해서 가보았다. 물거품이었다. 손으로 만져보기까지 했다. 틀림없었다. 경철 형이 속은 건지 우리가 속은 건지.

아침에 말을 타고 송쿨호수 북쪽 호반을 거닐었다. 그저 초원에서 말을 타보았다고 말하는 것 정도의 의미밖에 없었다. 눈이 크면 순하다더니 말이 덩치와 달리 순했다. 연향, 윤효 형은 말을 타지 않았다.

"말을 잘하면서 왜 말을 안 타요?"

효 형에게 농담을 건넸다. 뭔가 의미를 가진 결정인 듯한데 웃기만 했다.

"말도 못 타면서 애는 어찌 낳았어?"

상문 형이 우스갯소리로 끼어들었다.

"혼수로 데려왔어요. 대여섯을 낳아야 제가 거들지요. 한 둘이야 혼자서도 낳을 수 있잖아요."

우리는 껄껄 웃었다.

다음 목적지 송쿨 남쪽 호반을 향해서 출발했다. 앵무새 고개에서 돗자리를 펴고 점심을 먹었다. 채민 형이 토하고 초원에 누웠다. 첫 고산증 환자가 발생했다.

"약을 너무 먹으면 안 된다고 말해. 약을 남용하면 더 힘들어."

사성 형이 여자들을 향해 채민 형을 걱정하는 말을 했다.

"나, 타이레놀 있어."

상문 형이 엉뚱한 말로 대꾸했다.

"필요 없을 때 쓰잘데기없는 말 하는 사람이 되지 맙시다."

내가 핀잔하는 척했다.

"우리가 어찌 되는 말을 하지 않는 사이가 됐나."

"낯선 곳에서는 낯선 사람이 되는 거예요."

우리는 이렇게 말도 안 되는 말을 하면서 처진 분위기를 되살렸다.

세계 노마드 경기의 발상지라는 곳을 거쳐 오후 4시에 송쿨호수 남쪽 호반에 도착했다. 종일 차에 시달려 아름다운 풍경에 대한 감탄을 피로가 자꾸만 가로막았다. 식당에서 커피를 마시는데 금용 형이 뛰어왔다.

"채민 씨가 고열과 구토에 시달려요. 이불을 뒤집어쓰고도 덜덜 떨어요."

"열이 나서 그럴 텐데, 이불을 뒤집어쓰면?"

효 형이 금용 형의 말을 받았다.

"그러면 덜 떤대요."

상문 형이 금용 형을 따라 채민 형에게 달려갔다. 결국 채민 형은 나린 시내 병원으로 실려 갔다. 고맙게도 추인 형이 보호자 역을 자처하고 따라갔다.

"고산병은 내려가면 낫습니다."

현지 생활 20년째로 경험이 많은 여행사 현 대표가 우리를 안심시켰다. 여기서 나린까지는 비포장도로를 달려 세 시간 거리. 3천 고지에서 2천 고지로 내려가는 셈이다.

사성 형이 돌연 침묵했다. 상태가 안 좋다는 의미였다. 효, 추인, 연향 형도 머리가 아프다고 금용 형이 전했다. 나 역시 심혈관에 스텐트를 두 개 박았다. 모두 몸에 오는 이상을 내색하지 않을 뿐이었다.

어제보다 흐렸지만, 은하수는 여전했다. 환자가 이미 나린에 도착할 시간이었다. 통신 사정이 나쁜 지역이라는 사실이 차라리 위안이 되었다.

고구려의 후예처럼 엉겅퀴 피어 있다

조연향

혹독한 오지 체험을 실감 나게 하는 극한 추위 송쿨의 밤, 석탄 난로는 가스를 제대로 뿜어내고 있었다. 마스크와 패딩 차림으로도 깊은 잠을 이루지 못했다. 유르트 바깥으로 나왔다. 새벽 지평선 가까이 불타듯 떠 있는 달과 메밀꽃처럼 흔들리는 수많은 별을 보고 혼자 소리를 질렀다. 이제껏 본 적이 없는 달의 색이고 별빛이다.

호수로 금방 흘러내릴 것 같다. 해발 3천 고지! 푸른 지구본 꼭대기에 서 있는 것처럼 아찔하다.

천산산맥으로 둘러싸여 있는 송쿨은 '하늘 아래 마지막 호수'라는 뜻을 가지고 있다. 유목민들이 가을이면 산맥 아래로 철수하고 봄이면 말을 몰고 초원으로 찾아든다. 수천 년 동안, 유목민 키르기스인은 이곳의 영성과 신성함을 품어왔다고 한다. 성스러운 호수와 지평선 너머 은은한 물안개, 그리고 변화무쌍한 하늘에서 그런 기운을 받기에 충분하다.

풀밭에는 떠나간 사람들을 기억하듯 쓸쓸한 벤치 하나, 아침 일찍 송쿨의 가족들과 마지막 사진 촬영을 하고 오늘의 행선지를 향해 넘어야 할 앵무새고개로 향했다. 그 고개를 넘어서 켈수호수 아래 마을에서 또 여장을 풀 것이다.

여기 산들은 이름이 없다. 천산산맥이 끝나는 곳에서 파미르가 시작되기 때문이기도 하거니와 산머리에 눈이 덮이지 않으면 산이 아니라 구릉이고 언덕이고 황무지이다. 천산의 또 다른 이름은 알라이, 알라토(아름답고 다채로운 세계)의 의미를 가지고 있다. 구릉이 구릉을 물고 밀려오는 그 파노라마가 끝이 없다. 사막과 초원이 구릉과 계곡으로 이루어진 장관은 마치 설치 작품 같다. 어떤 인공의 손이 전혀 닿지 않는 아득한 시간이 축적된 곳을 오르고 올라 앵무새 고개 정상에 닿았다. 아래를 내려다보니 우리가 올라온 길만큼 내려가야 할 꼬부랑길이 아득하다.

우리 일행은 소풍을 온 듯, 찬 바람 맞으며 자리를 펴고 앉아 주먹밥과 된장국으로 한 끼의 점심 식사를 거행했다. 가이드와 그 부인께서 손수 준비한 음식이 오래 기억에 남을 것 같다. 한국인으로서 선교사로 이곳에 머물면서 가이드를 겸하고 있다. 여기는 아직 전문 가이드가 귀한 관계로 이분들의 역할이 소중하다.

비포장 서른세 개의 꼬부랑길을 구불구불 내려간다. 흔들리는 차 안에서 여기를 왜 '앵무새고개'라고 하는지 질문했다. 가이드께서는 기록이 제대로 이루어지지 않은 유목민의 특성상 지리와 역사에 대한 유래와 그 근거를 정확히 알 수 없다고 했다. 앵무새가 날개를 펼친 것 같기도 하고 꼬불꼬불한 길을 앵무새처럼 잘 따라가야 하기에 그렇게 부르지 않을까 하자 풍광에 비해 고개 이름이 볼품없다는 의견이 분분하다. 그때 누군가 "여기는 고선지고개라고 부르는 게 맞다!"고 외친다. 지금부터 이곳은 고선지고개다. 고구려 유민의 2세인 고선지 장군이 당나라의 선봉장으로서 실크로드를 열기 위해 용맹스러움을 떨친 곳으로 전해진다. 즉, 천산산맥에 피를 뿌린 고선지 장군의 업적을 기리는 뜻에서, "2024년 한국에서 온 사막의형제들이라는 문인들이 앵무새고개의 새 이름을 '고선지고개'로 붙여주고 갔다"는 사실을 앞으로 기록에 남겨야 한다고 박균서 가이드께 당부하시는 이상문 대장님 의견에 만장일치다. 여기에 성城은 아니더라도 고선지 장군을 기리는 비석 하나라도 세웠으면 하는 아쉬움은 당연하겠다. 붉은 피의 유래를 따진다면 여기는 '홍사성'이라든가 '홍선지고개'는 어떤가 하고 한바탕 또 웃음꽃을 피운다. 역사와 신화 사이, 고구려의 후예인 고선지 장군 이름이 오래 빛나기를 기원해 본다. 보랏빛 엉겅퀴, 수레국화, 찔레꽃들. 아, 여기도 분명 우리가 살던 그 지구의 품이겠다.

산길을 내려와서도 몇 시간을 달렸다. 중국 국경과 인접해 있는 곳을 통과해서 켈수호수 근처 유르트에 도착했을 때 부슬부슬 저녁 비가 내리고 있었다. 내일 말을 타고 신비의 켈수호수를 오르면 내 영혼이 조금은 더 정화될 수 있을 것 같다.

켈수호수 투어

김영재

오늘은 키르기스스탄 여행 5일째다.

켈수호수 가는 날이다. 켈수는 중국 국경과 인접한 곳이어서 어제 여권을 제시하고 별도의 허가증을 받아 게스트하우스에 도착했다.

해발 3천5백 미터 높이에 위치한 천연 호수인 켈수는 '들어오는 물'이란 뜻으로, 3~4년 주기로 지하 동굴 속으로 물이 빠져나가 호수의 수위가 바뀌는 특이한 현상을 가지고 있다는 가이드의 설명을 들었다.

아침에 일어난 '사막의형제들'은 어제의 여독이 풀리지 않은 채였다. 송쿨에서 여덟 시간 이상 산악도로를 온몸 요동치며 달려온 탓이었다. 하루 종일 비좁은 차량에 시달린 까닭도 있었지만 마음이 무거운 상태였다.

이채민 시인이 고산증에 시달려 켈수호수 트레킹을 함께 할 수 없는 형편이 된 것이다. 증상이 심해져 한밤중 송쿨에서 시내 병원으로 이송되어 입원 치료를 받게 되었다. 혼자 둘 수 없어 '사막의형제들' 큰언니 김추인 시인이 동행했다. 두 분 형제를 병원으로 보내고 우리는 무거운 마음으로 켈수로 향했다. 낯선 이국땅에서 파미르가 뭐라고 안타까운 마음으로 무사하길 기도할 뿐이었다.

게스트하우스에서 일박하고 아침이 왔다. 8월 28일, 오늘의 일정은 계곡과 호수 트레킹이다. 밤에는 은하수를 본다 했다. 아침 식사를 하고 켈수호수로 출발을 서둘렀다. 출발하기 전 가이드가 말씀을 전했다. 말을 타고 갈 사람과 두 발로 걸어갈 사람으로 나뉘었다. 윤효 시인과 나는 걷기로 했다. 기마병과 보병으로 각각 출발이다. 말보다 사람 걸음이 느려 윤효 시인과 나는 먼저 길을 떠났다. 다른 형제들은 기마병으로 멋지고 잘생긴 말을 타고 파미르고원을 넘을 기세로 여유를 부리며 출발할 것이다.

나는 내심 기마병으로 말을 타고 파미르고원 설산을 오르고 싶었지만 솔직히 말해서 말값(?)이 없어서 두 발로 걷기로 한 것이었다. 가면서 윤효 시인에게 왜 걷느냐고 물었더니 나와는 사정이 영 딴판이었다. 말 타는 값은 넉넉한데 어찌 사람이 높은 산을 오르면서 말을 탈 수 있느냐는 지론이었다. 말이 산을 오르기도 힘들 것인데 사람이 말 등에 타고 산을 유람하면 말 못 하는 짐승이 얼마나 힘들겠느냐는 지극히 인간적인 마음 씀이었다. 시 잘 쓰고 말 사랑 깊은 동지와 한편이 되어 걷는 것 자체로 우쭐하고 기분이 좋아졌다.

초원길을 걸어가는데 멀리 머리에 흰 눈을 쓴 큰 산봉우리가 우리 앞으로 점점 다가온다. 그 아래 호수가 있다는 것이다. 빙하가 녹아 강을 이룬 물결이 제법 속도를 내면서 흘러간다. 물결은 아래로 흘러가 큰 강을 이룰 것이고 우리는 높은 곳으로 올라 만년설산을 만날 것이다.

벼랑길을 마음 졸이며 걷는데 그 아래 하얀 물줄기가 솟구치며 폭포 같은 우렁찬 소리를 낸다. 몸과 마음이 서늘했다. 나는 기어갔다. 호수에 이르니 기마병 형제들은 이미 도착해 있었고, 일부는 보트를 타고 호수 유람을 떠난 후였다.

호수는 짙은 초록빛이었다. 깎아지른 바위산 절벽 안에 있었다. 호수를 유람하고 점심으로 도시락을 먹고 하산했다. 갔던 길을 되돌아오는데 평지의 숙소 근처에서 말을 탄 택배 여인을 만났다. 산정호수까지 간다고 했다. 택배는 지구촌을 벗어나 우주 공간에서 성업 중이란 생각이 들었다.

게스트하우스에 도착해서 10달러 내고 샤워를 한 뒤 저녁을 먹었다. 내일은 비슈케크로 여덟 시간 이상 이동해야 한다.

나린을 거쳐 비슈케크로

김지헌

우린 어제 세 시간이나 말을 타고 켈수호수에 다녀왔다. 김영재, 윤효 두 분은 호수까지 왕복 15킬로를 걸었다. 몇 년 전 차마고도에 갔을 때 말에서 떨어진 경험 때문에 말에 대한 트라우마가 있어 살짝 긴장했지만 무사히 다녀와서 사실 기분이 썩 좋았다.

우리 '사막의형제들'은 2019년 몽골·바이칼 여행 이후 5년 만에 파미르 여행을 계획했고 그사이 우린 나이가 들었고 조금씩 건강에 문제가 생길 수도 있는 나이 아닌가. 여행사 사장도 오지를 여행하기엔 연세가 많다는 말을 에둘러 했으니 말이다. 게다가 평균 고도 3천5백 미터 고산을 주로 다닐 예정이니 말이지. 수도 비슈케크를 빼고는 주로 유르트에서 숙박하니 샤워는커녕 세수도 고양이 세수를 해야 하고 난방도 제대로 안 되어 있어 두꺼운 패딩을 입은 채 자야 하고, 불편한 게 한두 가지가 아니었다. 그러나 2천5백 킬로 천산산맥의 끝, 세계의 지붕 파미르고원, 그 원시의 모습을 보려고 멀리까지 날아온 것이다.

파미르고원이라는 지명은 초등학교 다닐 때 교과서에서 배웠다. 우리나라에서 가장 추운 곳은 이북에 있는 중강진 고원, 그리고 세계의 지붕이라는 파미르고원이 신비롭게 다가와 막연하게 언젠가 가보고 싶다고 기억 속에 꽁꽁 쟁여놓고 있었다.

우리가 조금만 더 젊었다면 파미르를 가장 많이 차지하고 있는 타지키스탄으로 갔을지도 모르겠다. 이곳 키르기스스탄은 자연이 아름답고 7,134미터의 레닌봉 쪽 파미르를 차지하고 있어 같은 오지라도 조금 덜 어려운 코스라고 했다. 예를 들면 도로가 포장이 되어 있다든가, 노상방뇨를 덜 하게 된다든가 하는 정도로 말이다.

오늘은 여행 6일 차, 우린 오늘 장장 열 시간을 달려 비슈케크에 도착해야 한다. 가는 길에 토크목이란 곳에서 잠시 장을 보고 시장 구경을 했다. 장 볼 때 반드시 구입하는 건 바로 보드카. 러시아 보드카를 두 병씩 사서 경철 형에게 안긴다. 금세 어린아이같이 환한 표정이 된다. 시장 구경도 재미있는데 갈 길이 바빠 서둘러야 해서 아쉬웠다. 과일도 사고 커다란 화덕에 빵 굽는 남자의 현란한 솜씨도 구경하면서 맘씨 좋은 키르기스 사람들의 사는 모습도 볼 수 있었다. 그동안 우리가 가는 곳마다 유르트에서도 바자르에서도 사람들은 친절했고 한국 사람을 좋아해 주었다. 특히 여자들은 우리 여자들을 보며 피부가 좋다는 둥 예쁘다는 둥 젊어

보인다는 둥 칭찬 일색으로 호감을 보였다. 실제로 그들은 우리보다 훨씬 나이 들어 보였다. 70~80대 노인 같아 보이는데 알고 보면 우리보다 젊은 50대인 경우도 있었다.

가도 가도 보이는 것은 초원과 나무 하나 없는 바위산이거나 짧은 풀로 뒤덮인 산, 그리고 목동이 모는 말과 소와 양 떼가 다였다. 물론 고도가 낮은 곳에선 가문비나무의 군락이거나 아름다운 숲이 보이기도 했지만……. 5~6월쯤이었다면 온갖 야생화가 피어 천상의 화원이 되어 있었을 것이다.

생리현상을 해결하고 식사도 해야 하니 적당한 곳에 돗자리를 깔았다. 박군서 전도사님의 사모님이 준비해 주는 한식으로 식사를 하고 남자, 여자 나누어 적당히 생리현상을 해결하는, 지금껏 여행하면서 이번처럼 문명과 거리가 먼 여행을 한 적은 없었다. 하지만 이런 여행도 불평 없이 즐겁게 다닐 수 있는 내공이 쌓였다. 사실 자발적 오지 여행 아니던가.

한참을 달리다 보니 뭔가 도시 같은 모습이 보이기 시작했다. 비슈케크가 가까워졌다는 것. 비슈케크로 들어서기 전 전통 묘지 구역을 살펴보았다. 그동안 차를 달리며 간간이 묘지를 지나쳤는데 차에서 내려 가까이 보게 되었다. 역시 생의 마지막인 죽음에도 빈부 격차가 있어 죽어서 차지하는 면적이 제각각이다. 부자는 묘역이 넓고 단장이 잘되어 있고 가난한 사람은 묘지가 아주 소박하다. 사람 사는 곳은 어디나 똑같다는 것을 다시금 생각하게 된다.

드디어 비슈케크에 도착, 저녁 식사를 위해 간 곳은 한국 식당 '본죽'. 깨끗하고 예쁜 식당이었다. 모처럼 한식으로 다들 맛나게 먹을 수 있었다. 잠자는 곳도 오늘 밤은 제법 깨끗한 호텔이다. 내일은 이른 새벽에 비행기로 오시로 향한다. 우리의 최종 목적지 레닌봉 트레킹을 위해 파미르 하이웨이를 달릴 것이다. 드디어 어릴 적부터 꿈꾸었던 세계의 지붕 파미르고원으로 가는 것이다.

나는 아마도 오랜 시간 두고두고 파미르를 내 안에서 꺼내볼 것이다.

내일은 파미르 간다

이상문

밤사이에 어느 때부터인가 빗줄기들이 들락날락하면서 사이사이에 우박이 쏟아졌던가 보다. 성기게 깔려 있는 젖은 풀밭 여기저기에 얼음 알갱이들이 흩어져 있다. 그래도 2인용 간이 숙소는 유르트와 달리 작은 창이 있어서 바깥의 기색을 살필 수 있었다. 7시다. 저만큼 흐르는 강도 보인다. 멀리 보이는 산봉우리들이 하얗게 눈을 둘러쓰고 있다. 그러고 보면 우리가 한여름일 때 이곳은 겨울인 것이다.

8시에 버스는 비슈케크로 출발한다. 첫날 묵었던 곳에서 다시 묵은 뒤에, 국내선 비행기와 버스를 이용해 고대했던 파미르고원의 북쪽 허리에 닿을 계획이다.

열 개쯤의 마주하고 있는 숙소들 사이를 지나서 공동 식당으로 간다. 어제 저녁을 먹을 때 몇 나라에서 온 스무 명가량이 함께 있었다는 기억이 났다. 안으로 들어섰더니 다른 일행이 오른쪽 탁자에 먼저 와 있다. 별로 활기 있는 모습들이 아니다. 고도 2천 미터에서 3천 미터 사이를 며칠 동안 돌아다닌 결과인가? 그뿐만이 아니다. 나 자신은 엉뚱한 곳에 와서 헤매고 있는 느낌이다.

들어서는 문 쪽의 벽에 붙여 설치해 놓은 세면대 앞에서 남자가 번갈아 발을 들어 올려 가며 씻고 있다. 뒤에서 기다리는 이도 있다. 얼굴이 발인가, 발이 얼굴인가? 문명국에서 온 나는 갑갑하다. 하긴 숙소 안에는 대변기만 설치돼 있다. 그 까닭일 터다. 그래도 송쿨호수 남쪽에서 보낸 둘째 날 밤보다는 훨씬 낫다. 옷을 껴입은 뒤에 술을 마시고도 잠을 이루지 못했다. 수면제를 한 알 먹었는데 새벽에 일어나야 했다. 밖에 방치된 듯한 지독한 추위였다.

세면대 언저리의 벽에는 이곳에 다녀간 이들의 '기념 휘호'들이 빼곡하다. 붉은색, 파란색, 검정색 사인펜으로 감격을 새겨 쓴 것들이다. 태극 마크가 보인다. 그 밑에 "2024. 8. 24.-8. 25."라 쓰고, 한글 이름 두 개를 새겨놓았다. 안타깝게도 노정에 남겨놓고 온 이채민 시인이 생각난다. 귀국할 때는 같이 할 수 있게 됐다는 소식을 들었다.

8시, 버스는 정해진 시간에 출발한다. 대망의 파미르고원에 가보겠다고 한 건 코로나 이전에 세운 계획이었다. 망할 놈의 코로나……. 그사이에도 책 한 권을 냈지만……. 회원들이 억척인가, 시인들이 억척인가……?

일단 첫날 숙박지인 비슈케크로 다시 돌아가서 일박한 뒤에, 국내선 아침 비행기 편으로 오시로 가는 것이다. 다시 차창 밖의 보박bobak들을 본다. 활기차다. 분주하다. 민첩하다. 나는 아프리카의 미어캣밖에 모르는데, 알프스의 마멋도 있단다. 비슷한 것들이다. 굽이굽이 펼쳐진 메마른 풀밭에, 죽은 듯이 삭막한 겨울 벌판의 여기저기에 나 있는 숨구멍들……. 그 숨구멍들을 지켜내는 민첩한 초병들 같다. 내 눈에는 보박들이 그렇게 보인다.

중간에 보소고 리조트라는 곳에 들러 점심을 먹었다. 그래도 이 땅에서 나름 자주 볼 수 있는 가문비나무들 사이에, 유르트 세 동과 중형 컨테이너 한 개가 덩그러니 서 있을 뿐이다. 앞에서 본 것들과 다를 바 없이, 이름만 근사한 곳이다. 아직 비슈케크까지는 370킬로미터가 남아 있다. 다시 출발하면서 새삼 느낀 것이 숨 쉬기가 편해졌다는 것이다. 표고가 낮아지고 있음이다. 아울러 통신 기능도 그에 따라 회복되고 있음이다.

더 내려가면서부터 길 오른쪽을 따라 검붉은 석산들이 잇대어 서 있는 것이 보인다. 길과 그것들 사이에는 폭 좁은 목초지이거나 탁한 개울이 흐르고 있다. 석산들은 첫 번째 여행 때 귀하게 보았던 화염산 같기도 하다. 물론 그때는 기온이 태울 듯이 높았지만, 눈에 들어오는 모양이 그렇다는 뜻이다.

비슈케크에 도착해서 첫날에 묵은 호텔 소피아에 다시 들었다. 식당에 모여서 저녁을 먹는 동안 나는 술을 좀 과하게 마셨다. 잘못 온 것 같은 헛헛한 마음이 그리 만든 모양이다.

그래도 내일은 파미르고원 속의 레닌봉 허리께에 가 닿을 수 있다니 좋다. 사실 벌써 타지키스탄으로 들어가서 이제껏 여러 고봉들의 어디쯤을 떠돌고 있어야 했다. 파미르고원 속에 타지키스탄이 있는지, 타지키스탄 속에 파미르 고원이 있는지 알아보아야 했다. 고작 키르기스스탄의 남쪽과 타지키스탄의 북쪽 사이를 차지하고 드높이 솟아서, 두 나라를 국경으로 양분하고 있는, 레닌봉의 허리께만을 찾자는 것이 아니었는데, 하는 것이다.

레닌 베이스캠프에 도착하다

윤효

모처럼 달게 잤다. 이 나라 수도 비슈케크, 소피아 호텔 608호. 첫날 묵었던 바로 그 호텔. 유르트 닷새 만에 얻은 문명의 잠자리였다. 충전기 콘센트가 방 안에 있어 무엇보다 고마웠다.

이번 여정에 나서면서 파악한 이 나라에 대한 정보는 대략 다음과 같은 것이었다. 중앙아시아의 내륙 한가운데, 평균 북위 37도인 우리나라보다 조금 위쪽 북위 39~43도에 자리 잡은 나라. 국토의 90퍼센트가 2천5백 킬로미터의 천산산맥과 나란히 달리는 나라. 국토의 80퍼센트가 해발 2천 미터 이상, 40퍼센트가 3천 미터 이상인 나라. 1,923개의 호수를 품은 나라. 그래서 경작지가 국토의 10퍼센트도 안 되는 나라. 우리나라보다 갑절이나 큰 땅에 인구는 7분의 1쯤 되는 나라. 그리고 그 인구 720만 명 중 80퍼센트가 이슬람교도인 나라. 우리나라와는 세 시간 늦은 시차를 지닌 나라.

그런데 대엿새 떠돌며 겪어보니, 이 나라는 우리나라보다 갑절만 큰 게 아니었다. 열 배, 스무 배는 큰 나라였다. 왜 이런 착시가 생길까? 그 답은 평원이었다. 멀리 보이는 천산산맥에서 완만하게 뻗어 내린 지형 특성상 해발고도는 높지만 대부분 평원이었다. 천혜의 파노라마 경관이 눈길 두는 곳마다 펼쳐지는 것이다.

오늘은 여정 7일 차, 파미르를 호흡하는 날이다. 중앙아시아 동남쪽 10여 갈래의 산맥들이 어우러져 펼쳐놓은 고원지대, 파미르고원. 평균 해발고도 5천 미터, 그 산세며 풍광이 얼마나 우람하고 돌올하면 '세계의 지붕'이라 일컬을까.

이 파미르 친견을 위해서는 오시행 국내선을 타야 했다. 일행은 아침 일찍부터 서둘렀다. 엊저녁 가이드의 안내대로 항공기 위탁 수하물 중량을 15킬로그램 이내로 줄여놓았다. 보통 그 한도가 23킬로그램이니 남는 짐들이 생길 수밖에. 5시, 그것들은 호텔에 맡겨놓고 마나스공항을 향해 출발했다. 나서며 보니, 우리 일행이 묵고 있다고 호텔 정문에는 태극기가 게양되어 있었다. 반가웠다. 비슈케크의 일출 시각이 6시 23분이었으므로 거리는 어두웠다. 사십 분을 달려 공항에 도착했다. 6시, 무사히 수하물을 부치고 탑승권을 받았다. 그러고는 삼삼오오 나뉘어 호텔에서 싸준 도시락으로 아침을 챙겼다. 6시 40분, 탑승 게이트를 통과하여 잠시 기다렸다. 그때 한 현지인 청년이 다가왔다.

"안녕하세요. 한국 분이시지요?"

5년 동안 한국에서 일을 하고 왔다고 했다. 울산과 김해의 공장을 거쳐 4년 가까이 파주 비닐 공장에서 휴일도 없이 로봇처럼 일했다 했다. 숙식은 공장 기숙사에서 해결하면서 5년 동안 1억 2천만 원을 모았다 했다. 지난해 귀국해서는 고향 오시와 비슈케크에 핸드폰 커버 판매장을 열고 결혼도 했다고 했다. 매주 두 도시를 오가며 월 5백만 원의 수익을 올리고 있다 했다. 스물셋에 결행하여 5년 만에 코리안드림을 실현한 청년 사마트! 그는 불과 십 분도 채 안 되는 대화를 통해 끌밋한 외모와 서글서글한 성품과 능력을 일행에게 보여주었다.

삼십여 분 날았을까? 이내 오시였다. 현재 기온 20도. 이 나라 남서부 지역답게 비슈케크보다 4도가량 높았다. 버스가 기다리고 있었다. 8시 35분, 버스는 먼저 장을 보기로 했다. 오지 중의 오지인 레닌봉 아래 툴파르쿨 유르트에서 이틀을 머물기 위해서는 여러 먹을거리를 준비해야 했다. 십여 분 만에 글로버스란 이름의 대형마트에 닿았다. 현대식 창고형 양판점. 아이스크림이 달콤했다.

장을 본 후, 오래된 도시의 기운이 흐르는 거리를 빠져나오던 버스가 다시 멈췄다. 과일과 빵을 파는 가게들이 길가에 줄을 잇고 있었다. 한 가게에서는 두 명의 작업자가 탄두르 화덕에 우즈베키스탄에서 맛본 빵 난과 흡사한 레표시카를 연신 구워내고 있었다. 그런데 맛은 난에 미치지 못했다. 거칠고 텁텁하여 감칠맛의 풍미는 없었다. 아마도 밀의 재배 환경이 다른 탓이리라.

9시 50분, 과일과 빵을 실은 버스는 이제 본격적인 달리기에 나섰다. 이 나라에서 두 번째로 큰 도시이자 실크로드의 주요 거점으로서 3천 년의 문화유산을 간직한 고도의 풍광이 차창 밖으로 얼핏얼핏 펼쳐진다. 그리고 중앙아시아의 텃밭이자 곡창인 페르가나분지의 동단 지역다운 풍정이 스친다. 한 시간 넘게 달려 해발 2,389미터의 치르측고개에서 잠시 쉬었다. 이 고개 언저리는 알라이란 이름으로 불리는 지역으로 영웅 마나스에 버금가는 여성 닷카의 출생지라고 했다. 다시 한 시간을 훌쩍 넘겨 달리도록 마을 하나 나타나지 않는다. 대신 도로를 따라 떼 지어 걷는 말이나 소, 양, 염소들을 만났다. 차들은 속도를 늦추고 그들의 행렬을 세심히 배려했다. 이 땅이 유목민의 나라임을 일깨우는 장면이었다. 이슥고 강줄기가 따라붙었다. 굴차강이었다. 버스는 인가가 보이는 강변 풀밭에서 점심을 먹기로 했다. 식단은 가이드가 준비한 주먹밥과 컵라면…….

오후 1시 40분, 굴차강을 따라 달리던 버스는 어느덧 파미르 하이웨이(M41)의 탈딕 패스에 올라섰다. 해발 3,530미터에서 바라보는 파노라마는 장쾌했다. 기념사진을 여러 장 찍어야 했다. 다시 삼십여 분을 달려 파미르의 첫 번째 마을 사르타시에 도착했다. 이 마을 삼거리에서 버스는 타지키스탄 수도 두샨베로 가는 길로 올라섰다. 도로 시설은 하이웨이란 이름에는 걸맞지 않았으나 무인지경을 홀로 뚫고 달리는 그 기상은 씩씩하기 이를 데 없었다. 여러 감흥이 찾아들었다. 오후 2시 30분, 하이웨이 갓길에 잠시 정차했다. 레닌봉이 원경으로 떠오르기 시작한 것이다.

오후 3시, 버스는 해발 3천 미터의 고산 마을 사르모굴에서 파미르 하이웨이를 버리고 좌회전. 이제 23킬로미터만 달리면 목적지 툴파르쿨에 도착한다. 그런데 비포장길이어서 시간은 만만치 않게 걸렸다. 오후 3시 50분, 버스는 레닌봉이 빤히 바라다보이는 지점에 멈췄다. 사진을 찍어야 했다. 그런데 이상했다. 해발 7,134미터의 레닌봉이 마치 시골에서 보던 계룡산 같았다. 아마도 분지 형태로 드넓게 펼쳐진 해발 3천 미터의 고원에서 바라보니 그렇게 느껴지는 것 같았다.

오후 4시 10분, 버스는 캠프 아래 호숫가에 일행을 내려놓았다. 해발 3,460미터에 펼쳐진 호수는 규모는 작았지만, 고봉 산록과 어우러져 절경을 이루고 있었다. 이윽고 버스는 마저 달려 목적지인 파미르 레닌 베이스캠프 유르트에 당도했다. 오후 4시 35분이었다.

오후 7시, 한 유르트에 모여 가이드가 준비한 만찬을 나누었다. 흰밥, 김치, 김치찌개, 낙지젓갈, 김…….

그런데 잠자리 환경이 너무 열악했다. 만년설 아래 호숫가에 자리 잡은 캠프여서 더 그랬을까. 추웠다. 유르트 안의 난로는 제구실을 못했다. 장작이든 석탄이든 말린 말똥, 쇠똥이든 터무니없이 모자랐다. 게다가 저녁 7시경부터 찬 바람이 예사롭지 않았다. 기온이 부쩍 내려갔다.

오후 8시 20분, 이른바 '플랜 B'를 강구해야 했다. 일행이 다시 모였다.—파미르 투어의 요체는 장엄한 산록을 조망

하는 것인데 오늘 오면서 만끽했다. 여기에 내일 오전 트레킹을 더하면 충분하다. 따라서 이곳 캠프에서의 2박 일정을 1박으로 줄이고, 내일 오찬 후 오시로 나가 일박하면서 고도를 경험하자.—이렇게 논의가 모아졌다. 동행한 여행사 대표에게 '플랜 B'로의 변경이 되는지 물으니 가능하다고 했다. 잠시 후, 여행사 대표는 오시의 호텔을 예약했다고 알려 왔다.

새벽부터 비슈케크에서 국내선을 타고 오시로 건너와 파미르 하이웨이를 달려 레닌봉 아래 캠프에 여장을 풀기까지 오늘은 이래저래 매우 긴 하루였다. 오후 9시 40분, 옷을 있는 대로 껴입고는 내일 아침 만년설산 레닌봉에 조금 더 가까이 다가설 설렘을 안고 잠자리에 들었다.

오시의 솔로몬산을 오르다

이경

파미르고원 레닌봉 아래 캠프에서 첫 밤을 보낸 아침이다.

"파미르고원까지~"라는 말은 8년 전 처음 실크로드에 발을 디딜 때부터 나온 말이지만 확신할 수 없었다. 그런데 드디어 왔다. 1년에 열흘, 코로나 3년을 빼고 5회차 50일. 사막을 넘어 돈황과 우루무치를 지나, 운남성 차마고도를 지나, 몽골과 바이칼호수를 지나, 우즈베키스탄을 지나, 시베리아 횡단열차를 타고 서쪽으로 서쪽으로 달려왔다.

무엇이 우리를 여기까지 오게 했을까?

처음엔 혜초대사가 진리를 얻기 위해 떠난 구도의 여정 정도로 생각했었다. 그러나 여행을 하면서 새롭게 알게 되는 것이 많았다. 그 길이 동서 교역의 관문이면서 조상의 이동 경로를 역으로 밟아가 보는 과정이라는 것. 원시 인류가 이곳 파미르에서 출발하여 천산산맥을 따라 몇 갈래로 동진하였다는 이야기를 귀담아듣기도 하면서 파란만장한 선조들의 역사 위에 작은 발자국을 찍어보았다.

"내일 날이 밝으면 꼭 집을 지으리라!" 하면서 추운 밤을 지낸 새가 낮이 되면 그만 그 다짐을 잊고 햇살과 풍경에 취해 하루 종일 놀고, 다시 밤이 되어 추워지면 "내일 해가 뜨면 꼭 집을 지어야지!"라고 다짐한다는 설산의 새 이야기. 이번에 우리가 꼭 그랬다. 유르트의 밤은 예상보다 혹독하게 추웠다. 말똥과 조개탄을 섞어 태우는 연기를 참을 것인지 추위를 참을 것인지 둘 중 하나를 택해야 했다. 우선 숨을 쉬기 위해 후자를 택했다. 가지고 온 옷들을 모두 껴입었으나 견디기 어려운 밤이었다. 새벽에 대원들이 모여 비상 대책을 세웠다. 여기서 이틀을 자는 것은 불가능하니 날이 밝으면 하산하여 오시의 호텔에서 자기로 일정을 변경했다.

그리고 곧 아침이 되었다. 간밤의 악몽을 다 잊어버릴 정도로 상서로운 햇살이 하늘을 향해 부리를 치켜든 레닌봉 동쪽 절벽에 와서 닿았다. 좀처럼 모습을 다 보여주지 않는다는 레닌봉 정상에 금빛 햇살이 닿아 각을 선명하게 드러내는 순간 세상은 천지창조처럼 환하게 열렸다. 조금도 놀라운 일이 아니라는 듯 일찍 일어난 갈색 말 한 마리가 그 광경을 배경으로 유유히 풀을 뜯는 중이었다.

아침 식사를 하는 동안 햇살이 온 산에 퍼지고 소 떼가 산을 오르는 9시경 '사막의형제들'도 산을 오르기 시작했다. 처음에는 줄을 지어 올랐으나 곧 지형의 굴곡을 따라 소 떼처럼 흩어졌다. 앞뒤에서 일행을 챙기는 소리가 잘 들리지 않을 정도로 넓고 평평해져 버리는 언덕배기를 지나 벼랑길에서 미끄러져 내리기도 하면서. 해발 약 3천6백 고지였다. 나무는 별로 없고 용담이나 엉겅퀴 같은 보라색 가을꽃들, 그리고 야생 파꽃도 드물게 눈길을 잡았다. 파미르가 파의 원산지라는 말까지 들리는 것을 보면 인류와 함께 식량이 되는 식물과 꽃씨들도 함께 이동하면서 진화해 온 것일까?

우리는 설산 비경을 뒤로하고 하산했다. 예정된 승합 버스에 인원이 초과되는 바람에 선교사님 부부의 밥차를 얻어 타는 불편을 감수해야 했지만, 그 덕에 현지 사정에 대해 얻어듣는 이야기가 많았다. 오시에 도착해서 토속신앙의 모태이며 성산으로 불리는 솔로몬산을 올랐다. 아름다운 파미르의 동쪽을 가진 키르기스스탄은 40인의 여성 부족장이 세운 나라라고 하는데 그 솔로몬산에서 한국인을 알아보고 환대하는 중노년 여성 일군을 만났다. 체구가 건장하고 웃을 때 금니가 반짝이는 여성이 말했다. 가이드의 번역에 따르면 "한국 사람이냐? 반갑다. 너희 조상이 둘째 아들이고 우리 조상이 첫째 아들이다"라는 뜻이란다. 참 멀리 와서 친척 아지매들을 만나 기념 촬영 하는 기분이 묘했다. 착하고 근실한 큰아들과 호기심과 모험심 많은 둘째 아들이었구나 싶었다. 오시 바자르의 빽빽한 인파 속을 비집고 걸으면서 상상의 즐거움이 발동했다. 아까 솔로몬산에서 만난 그 여성들, 키르기스스탄을 세운 여성 부족장들이 잠깐 화현하신 것 아닐까 하는.

말똥 연기 지독한 유르트에서 몸을 오그린 채 자기도 하고 호텔 방에서 이불을 걷어차고 자기도 했다. 그러나 춥고

열악한 유르트 지붕 위의 별이 제일 크고 밝았다. 짧다면 짧고 길다면 또 한 생을 살아본 것도 같은 이 여정이 우리 문학에 폭과 깊이를 더할 것을, 그리고 두고두고 말로는 다 할 수 없이 아름다웠던 풍경과 우정이 우리를 견인할 것을 믿는다.

철없이 들뜨고 해찰이 심한 아우를 챙기고 다독이며 세상의 높이와 넓이를, 그리고 가장 아름다운 호수의 깊이를 구경하도록 해주신 '사막의형제들'께 영광 있어라.

9월 1일

감탄사 그대로 도시명이 된 고도古都 오시에서 단군신화를 보다

이경철

오시 그랜드 호텔서 잘 자고 눈떠보니 새벽 5시. 동틀 기미가 보이자 새들이 울기 시작한다. 까치며 은회색 날개와 긴 꼬리를 가진 때까치들이 환상적으로 저공비행한다. 시내 비둘기들이 마치 멧비둘기처럼 울어대 깊은 산골 느낌을 준다. 새소리들과 함께 여기저기 이슬람 사원에서 아잔 소리가 들려 3천 년 고도 깊은 맛을 더해준다.

홀로 아침 산책에 나섰다. 호텔 입구 음료대에 있는 생수 상표가 '아쿠아 파미르'다. 한 잔 마시니 파미르 청신한 기운이 온몸에 퍼진다. 가로수들은 수백 년 된 호두나무와 왕버드나무를 비롯해 포플러와 플라타너스. 그리고 무궁화꽃도 피어 있다. 대로변은 물론 골목골목을 천산 만년설 녹은 물이 감싸며 흐르고 있다. 산에서 내려온 물이 집집 감싸며 흐르는 우리 옛 고향 마을의 안온감이 드는 고도다.

호텔에서 아침을 느긋하게 먹고 오시 시내 관광에 나섰다. 먼저 서울의 남산처럼 시내 한가운데에 있는 나지막한 술레이만산에 올랐다. 언덕을 조금 오르니 박물관이다. 박물관에서는 이 지역에서 발굴된 유물 등을 전시하고 있었다. 토기와 목관 등 발굴된 옛것들은 몇 점 없고 조형물과 그림이 대신하고 있었다. 옛 지배층들이 40일간 기도했다는 지성소 동굴과 곰, 눈호랑이(설표) 등의 조형물에서 단군 신화가 그대로 떠올랐다. 태양과 모닥불 등의 문양에서 태양과 불을 숭배하던 천신사상과 배화교 등도 떠올랐다. 기원전 유물을 대영박물관이나 루브르박물관 등의 제국에 빼앗겼을 수도 있겠지만 과거의 기억과 영토를 남기지 않는 유목의 정신도 느낄 수 있었다.

산 정상에 오르니 동그랗게 감싸고 있는 시내가 파노라마로 들어왔다. 그리고 지평선 위로 솟아오른 천산산맥이 눈에 들어왔다. 정상에는 50~60대 여자 네댓 명이 땀을 식히며 앉아 있었다. 밝은 표정으로 어디서 왔냐 물어 한국에서 왔다 하니 그럼 내 동생이라고 반기며 와락 껴안아 줬다. 저 천산산맥에서 내려와 그들은 여기에 머물고 우리는 해 뜨는 동쪽으로 동쪽으로 계속 내려가고 나아가서 한반도에 정착한 족속. 하여 같은 동이족 혈육임을 생래적으로 알고 있는 듯해 반가웠다.

한 시간 남짓 오른 술레이만산에서 내려오니 곧바로 공원. 작열하는 태양 아래 고목들이 늘어선 공원은 우리네 1960~1970년대 풍의 유원지. 바이킹, 허니문카, 꼬마 기차, 회전목마 등 놀이기구와 솜사탕 등 먹거리들이 들어찬 유원지에 식구들 끼리끼리 즐겁게 놀러 나왔다. 표정들이 한결같이 밝다. 경쟁사회에 쫓기는 기색은 어디서도 찾을 수 없다. 행복지수가 우리보다 훨씬 높아 보였다.

작열하는 태양을 향해 분수가 치솟고 있는 광장에서 우린 점심을 현지식으로 먹었다. 양 수육에 귀한 손님에게 대접한다는 말고기 등 각종 요리가 금쟁반에 나왔다. 광장 테이블에는 현지 여대생 서너 명이 앉아 담소를 나누며 우리를 반겨주었다. 히잡을 썼거나 평상복, 심지어 가슴과 배꼽을 훤히 드러낸 배꼽티를 입고 있는 그들이 다 무슬림이라 했다. 종교는 받아들이되 어느 제도에도 갇히지 않고 바람처럼 물처럼 자유롭게 흐르는 유목의 정신은 그들의 삶 곳곳에 배어 있었다.

점심 먹고는 오시에서 가장 큰 재래시장, 바자르에 갔다. 사방 각각 1킬로미터 가까운 골목골목에 들어선 상점들은 인파로 붐볐다. 서로 몸 부딪히며 걷는 그 시장 골목에 활기가 넘쳤다. 인간애가 넘쳐 걷고 보기에도 참 좋고 행복했다. 갓난아기부터 어린애들이 참 많기도 많았다.

우리도 반세기 전에는 그랬는데 지금은 무엇을 하려 어디로 가고 있는지 묻지 않을 수 없었다. 그런 우리네 행복했던 시절을 되돌아보게 하는 바자르를 나와 우리는 '오! 좋다'는 감탄사가 그대로 도시명이 된 오시를 떠났다. 따라잡기도 힘든 최첨단 문명의 우리네 일상으로 돌아가기 위해.

비슈케크에서의 마지막 하루

김금용

비슈케크에 처음 도착했을 때 머물렀던 소피아 호텔로 다시 돌아와 깨끗한 수세식 화장실에서 샤워를 하고 따뜻한 침대에 폭 파묻혀 자고 나니 쌓였던 피곤이 확 풀린다. 흐린 아침임에도 상쾌하기만 하다. 세 살 버릇이 여든까지 간다더니, 익숙해진 문명이 내 삶의 전부였나 싶게, 천산산맥과 파미르고원에서의 열흘은 그야말로 고행이었다.

그간 고산증이며 불편한 잠자리 등으로 다들 고달픔이 있었는지, 출국을 앞둔 마지막 날이니 스케줄과 관계없이 자유롭게 거리를 걷고 쇼핑이라도 하자고 입을 모았다. 키르기스스탄이란 국가는 이미 천산산맥에 압도당하고 있어서 공원이니 국립박물관이니 둘러보지 않아도 우린 이미 다 몸으로 눈으로 겪었다는 결기가 생긴 것이다.

시내 중심에 있는 큰 백화점 '춤'으로 들어갔다. 1층은 전자 제품 등이 있었고, 2층엔 기념품집이 몰려 있었다. 열흘 동안 돈을 쓰려야 쓸 가게가 없었던 까닭에 남자 시인들까지 우르르 몰려들었다. 집식구들이 생각난 것이다. 열흘이나 집을 비웠으니, 뭔가 선물을 사 갖고 가지 않으면 많이

미안하다는 자각이 일었던 것 같다. 손으로 뜬 가방, 모자, 실크와 캐시미어가 섞였다기엔 너무 약해 보이는 스카프 정도였지만, 반가워서 서로서로 말 안 통하는 주인과 어설픈 영어를 주고받으며 구입을 했다. 정해진 시간이 삼십 분 밖에 안 돼서, 그 위층엔 뭐가 있는지 둘러볼 엄두도 못 내고 거리로 나왔다. 많이 아쉽다고들 하니, 가이드와 그곳에 사시는 선교사님이 가까운 곳에 이웃한 타마라 기념품 가게를 안내해 줬다. 그 집은 좀 더 고급스러운 모자나 가방, 신발들이 있었다. 후다닥 둘러보고 나오는데, 손수레에 과일을 올려놓고 파는 키르기스스탄 아주머니가 동화에 나오는 모자를 쓴 마술 할머니 같아 함께 사진을 찍었다. 할머니 같아 보이는 그 아주머니는 몹시 반가운 듯 기뻐해서, 우린 우리대로 고마워 딸기 등을 샀다.

K-pop, K-culture 덕분인지, 한국을 많이들 알고 있어서 타지키스탄 공항에서 환승할 때도 탑승객들이 반가워했다. 마침 출발할 때 선교사님이 주신 막대사탕을 이상문 대장님은 동승하는 아이들에게 나눠줬다. 그 바람에 다른 아이들까지 몰려들어 우리들은 갖고 있던 초콜릿, 일반 사탕까지 나눠줘야 했다. 아이들의 눈빛이 초롱하고 다들 예뻐서 동화 속 아이들 같기만 했고, 최근 우리나라에선 이렇게 많은 아이들을 보기 힘들어져서, 다들 내 손주를 보듯 쳐다본 값이었다. 타지키스탄 공항에서 저녁을 먹으려고 식당

에 갔을 때도 한국 우동, 한국 비빔밥 등 여러 메뉴가 보여서 신나게 주문을 했는데 다 팔렸다고, 없다고 한다. 거꾸로 햄버거, 파스타는 남아 있다니, 반전이 아닐 수가 없다. 한국의 위상이 어떤지 실감할 수 있었다. 탑승객 중 많은 사람들이 한국에 일하러 가거나 유학을 간다고 하니, 예전 아메리칸드림을 안고 미국으로 떠나던 우리나라 사람들 모습이 떠오른다.

비행기를 탔다. 안전벨트를 매고 다시 내 나라 한국을 향해 비행기 거대한 바퀴가 돌기 시작했다. 비행기 창밖으로 천산산맥이, 그 산 너머 있을 만년설산이 파미르고원까지 내 안으로 휘젓고 들어왔다.

당신들 나이에 왜 사서 고생을 하냐고 묻는 분들도 있었지만, 살아 있는 동안 난 가능한 한 극한 지역에서 어려운 환경을 극복해 내는 동시대 사람들을 만나고 싶다. 그들을 통해 나도 용기를 배우고 싶고, 견주어 불안과 절망 등으로부터 긍정적 시각을 갖고 도전을 멈추지 않는 삶을 살고 싶다. 그런 면에서 그들은 문명의 이기를 받지 못한 대신 청동기시대 사람들처럼 스스로 도전하고 어려운 환경을 극복해 내는 야생성을 갖고 있는 사람들이어서 잘 배우고 간다고 창밖 천산을 향해 손을 흔들었다. 안녕~~ 나는 가고, 아니 내가 죽어도, 만년 천만년 그 자리에 버티고 있을 천산산맥, 파미르고원이여~~ 안녕!!

이제는 빈집으로 돌아갈 때

김추인

'사막의형제들'의 다섯 번째 사막행!

발표가 있으면서부터 참 많이도 설레었었는데, 어느덧 돌아갈 시간. 공항에서 집으로 가는 귀환길이 예전 같지 않다. 그냥 멍—멍때리기—눈을 감는다.

감은 눈 속에 자막이 흐르듯 길이 흐른다. 나도 거기선 흐르는 길이었다. 그 길 속에선 모든 존재들의 무심이 흐르고 흐르면서 누구에겐지 이르는 말을 들은 듯.

'탐하지 마라. 열망하지 마라. 정신이 찢기고 내장이 터지는 일. 도망자도 동조자도 늪에 잠기리니 욕망의 지문, 길이 없으니 역주행이 불가하다. 길 없는 길. 그냥 흐르는 일뿐.'

아후 – 높기는 높구나야.

히마雪가 거처하는 정점, 절대 고독의 순결. 한 금 스카이라인의 명징한 얼굴선 뒤로 여백이 푸르다. 산속의 만상 지우고 꿈도 삶도 백지 한 장이란 듯 백발 거인, 무심이신데.

우린 감히 설산을 넘보다 파미르에서 쫓겨났다.

"아무나 오는 데가 아냐."

죽어라 밤길을 헤집던 도망자들. 그래도 안쓰러운지 앵무새는 소리 없이 벼랑길을 내주었다. 지그재그 지그재그의 길을.

못 밟은 켈수는 자꾸 눈에 밟히고 어룽대는 날들이 그리 흘러가고 베이스캠프를 떠나면서야 키르기스스탄, 단순 문양의 국기가 눈에 들어왔다.

'햐- 저거 유르트 소박한 침상에 누우면 바로 망막을 치고 들어오던 천장의 환기 구멍 그림인데?!'

중앙아시아 노마드족들이 고고성을 울리면서부터 임종의 문 앞에 서기까지 봐왔을, 그래서 대대손손 DNA 속에 새겨졌을 하늘 구멍이 아니겠던가 싶다.

이제 노들강 가를 달리는 리무진. 집이 가까워지고 있다. 내 푸른 식생들은 잘 있을까? 보챌 만한 것들은 물에 담가두고 출발했는데. 그래도 열흘이다. 현관을 열자마자 푸른 것들 앞에 물통을 들고 달려간다. 안 본 사이 새순에 응애가 끼고 소독수가 필요하다는 목화 잎의 목소리 들린다. 솨-솨아 달게 물을 마시는 올리브, 이뻐라. 오래 참아주었구나.

나무 속 강물을 알고 있는데. 강물 소리를 들으며 나 자주 강물 속으로 걸어 들곤 했는데…….

와우- 나 없는 사이, 재스민 백화등이 하얀 회오리 꽃을 피웠네. 향을 피우네. 혼자서도 자꾸 웃음이 새 나오네. 그들만 있으면 난 이별 따위 슬픔 따위 상처 따위 아무것도 아냐. 눈만 뜨면 푸른 식생들이 내 눈 속으로 먼저 들어와 웃지. 난 '사랑해' 가만히 소리의 파동을 쏘고.

김금용

눈이 죽음과 삶의 씨앗을 껴안고

발을 내딛자
천지창조가 눈앞에 펼쳐졌다

눈이 내리고
눈이 죽음과 삶의 씨앗을 껴안고

바람이 불고
바람이 비를 부르고
천산산맥 그 가운데 들어앉아
울기도 웃기도 하는
싸우고 뺏기기도 하는
살아있는 모두를 적시고

바위가 들썩이고
눈물과 빗물이 섞어 들고
숨소리가 섞어 들고
빛들이 뒤엉키고

산 그림자가 대지를 덮어도

빛은 어둠과 함께 곁을 지키고

산과 하늘과 마른 땅과 눈 녹은 물이
하늘 문을 열고
첫발 내디딘 내 귀가 열리고
눈이 밝아지고

하늘과 땅은
다시 새로운 빛으로
하루를 여는 것이었다

적혈마

귀신에 홀렸던 것 같네
앞을 봐도 뒤를 돌아봐도 벌거벗은 거친 산 등허리
척추뼈가 튀어나온 노틀담의 꼽추였네
외로워서 늑대 나왔다고 외치던 양치기 소년이었네
오르다 오르다 하루가 지는 앵무새 33고개 마루에서
오줌 줄기를 사납게 쏟아내는
레닌봉 7,134미터 만년설산의 퍼런 강줄기였네

말발굽에 차이는 자리마다
마멋인 양 두 발로 꼿꼿이 일어선 도깨비방망이꽃
삼신할미에게 목숨 비는 장승이었네
굽이굽이 돌아돌아도 끝나지 않는 고갯길은
끊어지지 않는 실타래였네
신발 밑창이 뚫어지도록 걸어야
유르트 소똥 태우는 연기가 반갑게 고개 주억거리는
별빛 껴안고 잠드는 적혈마였네

노란 생각*

—천산산맥

'노란 생각'이란 마을이 있다
공동묘지와 나란히 이웃한 채
노란 카레처럼 뒤엉킨 채
골똘하듯 웅크린 마을이 있다

나무도 곡식도 야채도 없는 허허벌판 위에
양떼만큼, 소떼만큼, 말떼만큼, 낮게 엎드린 마을

삶의 키가 무덤보다 높지 않게
죽음이 삶과 같아서 두렵지 않게,

홀로 광야에 비상등을 켜고 서있는
이정표처럼
파미르고원 가는 길 위에서
노란 생각에 빠진 마을이 있다

* 중국 카슈가르와 타지키스탄의 수도 두샨베로 뻗어진 세 갈래 길 가운데, 키르기스스탄 국경 마을이 있어 세 나라를 다 내왕할 수 있다. 마을 이름이 '노란 생각'이다.

물수제비

산으로 둘러싸인 호숫가에서
물수제비를 떴다

영화관도 슈퍼마켓도 식당도 게임방도 없는
널린 게 돌밖에 없는
벌판,
몇 개나 뜰 수 있을지 내기를 했다

누가 더 멀리 던지나
숫자를 셈하며 시끄러워지자
천산에 걸터앉았던 햇살이 박수를 쳤다

웃음보가 터진 물결이
꼬리를 흔들며 찰랑거렸다

모두 열 살 아이가 됐다

나는 구석기시대 여자였다

열흘간 난 구석기 사람이었다
사방팔방 천산에 갇혀
비포장도로를 지나가는 소떼들처럼
바위 아래, 풀밭에서 방뇨를 하는 구석기 여자였다

도깨비방망이, 엉겅퀴꽃, 수레국화와 한 몸이었다
마멋, 여우, 늑대, 소, 말, 양과 한 몸이었다
두세 시간이면 꺼져버리는 소똥불이지만
유르트 내 잠자리를 덥히며 단잠에 든
내 밤을 지켜보는 별들과 한 몸이었다

냉장고, 세탁기, 티브이 하나 없어도
하루가 둥글게 야생으로 돌아가는
천지가 다 한 몸으로 돌아가는
구석기시대의 여자였다

세 시간짜리 사랑 고백

왕복 세 시간이나 말을 탔다
만년설산에서 녹아내리는
연회색 눈의 강을 세 번이나 건넜다

물살 센 곳을 건널 땐
내가 탄 황동말은 물결을 거스르지 않고
흘러 떠내려가듯 사선으로 흐름을 쫓아가며 건넜다

주인이 겁내지 않는 걸 알자 앞서서 달리기도 하고
내리막길을 내달리는 힘으로 언덕을 오르기도 했지만
무리를 벗어나지는 않았다
맞은편 말 한 필이 다가오면
옆으로 비켜서서 풀을 뜯으며 기다려줬다

산언덕을 넘어 돌길을 지나
3,500미터 켈수호수까지
내 말은 가파른 좁은 길을 편안하게 날 챙겨줬다

산속에 숨겨진 비밀의 켈수호수를

어쩌면 저 말들이 목동에게 알려준 게 아닐까
나무 하나 제대로 견디지 못하는
화성같이 팍팍한 돌산에
바다로부터 물을 끌어들인 비경의 호수가
저 말들에게 약속하자고 새끼손가락을 건 게 아닐까

내 말의 갈기를 쓰다듬어 본다
차가운 햇살에 반짝이는 윤기가
그와 나를 하나로 묶고
그의 체온이 내 손바닥 안에서 따뜻하게 날 감싼다
어디든 그를 믿고 달려도 될 것 같다
내 가고자 하는 곳은 어디든 데려다줄 것 같다
저 끝 간 곳 없이 펼쳐진 천산산맥을 넘어
또 다른 비원의 세상으로 날 데려다줄 것 같다

붉게 빛나는 나의 애마
눈썹 긴 눈동자에 내 눈을 맞춰본다
너에게 사랑한다 말하는 거야
내 눈웃음을 알겠다는 듯, 그도 눈을 껌뻑인다

세 시간의 사랑을 이해한다는 듯
이내 떠나버리는 인간들 사랑엔 배반이 도사린다는 걸 안다는 듯
머리를 크게 주억거리곤 이내 눈을 돌린다

그의 잔등을 쓰다듬는 내 손에 물기가 밴다
몸으로 말을 하는 그를 껴안고 천산을 넘고 싶다
밤하늘 가득 박힌 별빛 속으로 내달려 가고 싶다

새끼 당나귀, 낭아야

넌 태어나면서부터
켈수호수를 다녔구나
네 엄마가 아빠가 걸어온 길을
너도 이어서 이 파미르고원 안에서
한 생을 마치겠구나
가르침 없어도
너 자신의 운명을 짊어졌구나
고개를 숙인 채
말 탄 우리를 따라오는 너의 순종이
내 안에서 출렁, 물결친다

하늘도, 별도, 바람도, 달도
다 자기 자리를 지키며 그 값을 하듯

저 벌판에 버려진 해골 뼈 무더기를 마주하며
나도 크게 다를 게 없구나
운명을 거부하며 때론 도전한다며 살아왔지만
아직도 부족하구나,
배움이 모자라는구나

고산증 체험기

천산산맥과 파미르고원은 접신 지역이 분명하다
고산증이 폐쇄공포증으로까지 변질되어
날 습격하는 걸 보면
다가갈 수 없는 비밀 접점 지역인가 보다

이층침대 천장이 낮아서일까
일 층에 누웠을 때, 숨 쉬기가 어려웠다
반 가닥으로 줄어든 숨 쉬기에 공포가 덮쳤다
심장이 바위에 눌린 듯 헐떡여졌다
만년설산이 밤새 나를 지켜줬지만
안전하지를 못했다
하얀 설산에 새벽안개가 뿌옇게 퍼지듯
내 눈가에도 물안개가 번지고
눈물을 닦을 때만 잠시 앞이 또렷해졌다

트렁크에서 물건을 꺼내려 고개를 숙이면
이내 속이 울렁거렸다
두통이 뒤따랐다

20년 전, 티베트 6,004미터에서 술 취한 듯
갈지자로 걷다가 구토를 했었다
아예 호텔 침대에 누워서
하루 종일 산소만 세끼 밥 대신 빨았었다

이젠 어지간히 고산엔 이력이 생겼건만
열흘간이나 고산 속을 헤매는 건 무리였던지
다들 차 안에서조차 말이 없었다
속으로 견뎌내려는 안간힘이 눈에 보였다
담배를 피우는 탓에 이산화탄소가 넉넉한 이경철 시인만이
보드카 힘인지, 그럭저럭 얼굴빛이 밝았다

넘어져 발목이 삐고
어떤 이는 몸살 겸한 감기로 밤새 떨다
일고여덟 시간 달려야 가는 시골 병원으로 실려 가고
현지 음식보다는 한국 선교사 부인의 밑반찬에 의지해
콩자반과 장조림으로 컵라면으로 끼니를 때우고
우리 열두 명은 살아남았다, 승리했다

천산산맥과 파미르고원 행군을 이겨냈다
앞으로 살아갈 힘을 잘 받아냈다

서로서로에게 극한 체험의 상을 줬다
잘해냈다, 사막의 형제들이여

김영재

시봉

큰 산이 작은 산을
가린다 말하지만

텐산산맥 등줄기
지척에서 바라보면

큰 산이 작은 산들을
오늘도 시봉 중이다

야생화 설법

파미르고원 오르며
비탈에 앉아 쉬었다

키 작은 야생화들
바람 앞에 흔들렸다

고산증 어지러운 나에게
몸 낮춰라 타이른다

새벽 설산

설산을 바라보면
소년처럼 가고 싶었다

난로 꺼진 유르트
새벽하늘 달과 별

저 멀리
만년설 능선
희망이 열리는 곳

키르기스스탄을 떠돌며

하루는 파미르에게
그 높이를 물었다

또 하루는 톈산에게
쭉 뻗은 길이를 물었다

그것을
내가 알면 여태
여기 있겠느냐 답했다

빵 한 조각

키르기스 오시에서
빵 한 조각 얻어먹었다

실크로드 상인들이
아껴 먹던 빵이었다

멀고 먼 실크로드를
걷게 하는 양식이었다

제갑례

어머니~ 불러봅니다

히말라야에서 부른 이름

저 산 봉우리 파미르

큰 산을 앞에 놓고

어머니 보고 싶다고

큰 소리로 불러봅니다

여행을 마치고

9박 11일 사막 여행
무사히 돌아왔다

집 나가면 개고생
그 말씀 명심보감

걱정한 아내의 한마디
끼니는 잘 챙겨 드셨소

나의 유목 한 계절

나의 유목 한 계절

파미르 오르지 못했다

호수로 레닌봉 불러

겨울 이야기 들었다

말들도 풀을 뜯다가

귀를 쫑긋 세웠다

김일연

카르페 디엠

쇠사슬에 묶여있던 독수리 누런 발톱

추락하는 것은 날개가 있다고 했나?

초점이 희끄무레한 몽골 독수리의 눈

사이보그 비전

제네시스 BMW 벤츠 말들에 쫓긴

야생마를 보러 간 호스타이 국립공원*

헤매던 대평원에서 헛되이 돌아왔네

거대 말 수입 말 힘센 말의 도시에선

말과 한몸이었듯 기계와 하나 되기

순종을 포기하고서 잡종으로 가는 비전

* 야생마가 서식하고 있는 몽골의 국립공원.

사는 듯

은빛으로 솟구치는 미끈한 놈이든지

햇살 가닥 물고 나는 날쌘 놈이든지

사는 듯 산다는 것을 뽐내면서 살더라

왜 이리 난 작으냐* 그 물음 묻지 않고

너절한 새우깡 따위 안중에 두지 않고

사는 듯 살고 있는 나, 바이칼 갈매기라고

* 김수영 「어느 날 고궁을 나오면서」.

묘적전妙寂殿*

가없는 저 바다도 어머니를 그리는가

쉼 없는 해류에도 번뇌가 일었는가

고요의 고요한 발치에 칭얼대는 파도, 파도

* 양양 휴휴암休休庵에 있는 법당.

남도 길

초동은 이러구러 늙으신네 되었는데

물길 따라 숲길 따라 구절양장 돌다가

세상일 잊어버리고 다시 초동 되었네

겁외劫外

타닥타닥 불별 튀는 대리석* 넓은 불판

자기를 바로 봅시다, 성철 스님 법어 위에

끝에서 끝을 향하여 벌레 한 마리 기어간다

우주의 삼라만상이며 영원하고 무한합니다를

끙, 끙 기어가는 땀 젖은 등줄기에

한 줄기 바람이 온다, 뜨거운 희열처럼

* 성철 스님 생가가 있는 겁외사에 스님의 법어를 새긴 대리석이 있다.

해인 고사목

올올이 낡아 환한 잿빛 치마 두르고

흰 구름 명주 수건 이마에 드리우고

빈 허리 부러져 꺾여도

풀지 못한
살풀이

나리꽃 산청

한 송이 나리꽃이 소매 잡아 이끄네

호젓한 향기로 머물다 가는 인생

그거면 충분하지 않은가, 기쁨이지 않은가

산청, 돌과 꽃

물결은 흘러가서 속세를 떠났건만

흰 강물에 물든 흰 들꽃 하나는

해마다 향기 전하며 말갛게 피어난다네

물결은 기약 없이 산을 돌아갔건만

그 물결이 적셔둔 작은 몽돌 하나는

언제나 거기 있다고 눈물 적셔둔다네

김지헌

오래된 꿈

–파미르 시편1

단단히 맘먹었다
천산산맥 깊숙이
아무도 모르는 곳에
지금껏 짊어지고 다닌 내 안의 부스러기들
다 비우고 와야지
아무도 모르게 버리고 와야지

유목민의 땅 헤집고 다니며
눈 크게 뜨고 찾았지만
선한 눈빛으로 고개 젓는 사람들

폐기물은 되가져가라며

"멀리서 오셨군요"
"무얼 보러 오셨나요?"

지구 밖에라도 온 듯 저절로
두 손 뒤로 감추고 나 역시 선한 얼굴로
"오랜 꿈이었답니다"

즐거운 감옥
-파미르 시편2

그해 겨울
나는 7번 국도를 달리다 폭설에 갇혔고

스무 살 되자마자 연애에 갇혀
결혼이라는 더 큰 감옥으로 걸어 들어갔지

지금껏 여자라는 감옥에서
헤어나지 못하는 중

끝이 보이지 않는 초원에 와서
소똥 말똥 밟을까
땅만 보고 걷다 보니
지상엔 감옥 아닌 곳이 없네

저녁의 친구
–파미르 시편 3

세상 모든 별들이 파미르에 모여든 게야
그래서였을 게야

L형,
보드카만 안겨주면 세상에 없이 행복한 사람
나도 한 모금 입안에 굴려본다
내 안에 뿌리내리는 사막 길
수많은 목숨 묻힌 그 길 따라 여기까지 왔다
모래바람 맞받으며
경계 모르는 슬픔에서 빠져나오려
얼마나 몸부림쳤을 것인가

들끓던 하루를 술잔에 따르며
우린 무얼 건져 올렸을까

L형,
하루 일과 마치고 유르트에 도착하면
초원에 하나밖에 없는 상점에서
러시아 보드카를 사서 형의 품에 안겼지

형은 밤새 파미르를 끌어안고 노래했지
독주가 어느새 초원의 꿀이 되고
천산의 빙하수로 빚은 술 한 모금
노래가 되고 시가 되었다며

손님

—파미르 시편4

초원은 기꺼이 우릴 맞아주었지만
말떼와 소떼와 양떼가 툭하면 길을 막았다

손님 대접이 말이 아니다

이 땅은 조상 대대로 우리들 직장이고
집이고
화장실이고
운동장이라며

손님답게 예의를 지키고 흔적 남기지 말고
얼른 다녀가라고 한다

손님이 손님답지 않아
지금 지구촌 곳곳 몸살 앓는 것이었구나

한없이 높고 깊은

–파미르 시편 5

하루 종일 달려도
이 광활廣闊을 넘어서지 못했네

한없이 높고 깊은 산맥을
2,500킬로 천산산맥을
원고지 위에서 가볍게 오르며
제법 아는 척했다가
아뿔싸
파미르 산신령께 혼이 났네

레닌봉 계곡 아래에서 유유자적
자판 몇 개 두드려 천산을 넘다니
파미르를 우습게 봤다며

한없이 높고 깊은 시의 산맥을
애면글면 오르고 또 오르네

내 몸이 열렸다
–파미르 시편6

초원의 밤
걸치고 있던 갑옷을 벗은 채
은하수 성채 아래 누웠다
이보다 멋진 러브호텔이 있을까

우뇌 좌뇌에 스위치가 켜지고
내 몸이 열리는 것 같은

몽상 같던 별들이 손에 잡힐 듯
하늘이 이리도 가까웠던가

마음 한없이 너그러워져
죽은 나의 벗, 사랑하는 사람들
묵은 그리움

성수를 뿌리듯
정수리에 흩뿌려지는 찰나
숨 막힐 듯 순백의 신부인
파미르 아래 누워버렸다

빵 굽는 남자
–파미르 시편7

종일 화덕 앞에서 빵 굽는 남자
반죽을 치대고 둥글게 빚어
화덕에 구워내면
노릇노릇 고소한 빵이 화덕 밖으로
뽀얀 얼굴을 내밀었다
저 남자 하루 다섯 번
모스크를 향해 기도 올리고
오로지 빵 굽는 일이 전부인

태초 이래
인간은 저 빵으로 살과 피를 만들고
인류의 역사를 이어오고 있다

파미르 하이웨이
—파미르 시편8

파미르 하이웨이를 달린다

비슈케크에서 송쿨호수, 켈수를 거쳐 달리는 동안 초원에서 밥을 먹고 광활한 초지에 생리현상을 해결하고 고산증세에 말을 잃어가며 2,500킬로 천산산맥 끝, 파미르고원의 시작점을 향해 달린다 주어와 목적어 같은 행로와 파미르의 끝점, 동사와 피동사 같은 두 다리와 말과 자동차, 끝없이 이어지는 길, 대지의 신 가이아가 창조한 미답의 땅에서 야크와 소와 말과 양은 우아하게 풀을 뜯고 천지에 널린 저들의 향그러운 똥이 대지를 길러왔다

파미르 하이웨이에서 나를 만났다

멈추어도 달려도 내가 보인다 숨 막히는 경치가 아니어서 문명이 비켜 간 곳이어서, 오직 길과 나만이 동행이어서, 위선과 거짓이 없어서 정직하게 나와 마주 섰다

얼마나 달려왔을까

나무 한 그루만큼의 그늘도 귀한 초원, 감출 것도 자랑할 것도 없는 헐벗은 대지에서 문득 천산산맥 순백의 정수리 올려다보며 유년의 순수를 되찾고 싶었으리라 해마다 12월이 되면 잠시 잠깐 나를 돌아보았고 새해가 되면 새로

운 무언가에 설레었다 그렇게 시간이란 것이 나를 끌고 여기까지 왔다 컴퓨터 자판을 치다 미처 저장 못 해 날아간 듯한 지난 시간들, 수많은 시행착오와 잘못 들어선 길에서 벗어나 요철 많고 거칠고 남루하지만 사람도 동물도 모래바람도 같이 가는 길

파미르 하이웨이를 달린다

김추인

파미르 가는 길

–Homo narrans*

길이 흐른다
해류처럼 길도 흐르는 길이 있다
나도 흐르는 길이다

좀 느리게
좀 울퉁불퉁
생각끼리 부대끼며 안으며
내 안의 생각도 흐른다

수많은 존재들의 무심이 흐른다

허이허이 고갯길은
좀 지치다가
쉬엄쉬엄 졸다가
파미르 쪽으로 나, 흘러들고 있다

하얀 유르트가 조로로 늘어선
저만치가 반가운데

먼저 와 호수를 치장하는 빛 노을,
만년을 흐르다 내 앞에 잠시 멈춘
물색 고운 길이다

* 호모 나랜스: 이야기하는 사람.

다중우주를 헤매다

–Homo empathicus*

떠도는 길이 다 무표정, 흐림이데

있어도 없고 없어도 있는 것이
존재의 일
내가 너를 그리는 것은 허허망상,
바람의 일이었을까?

"내 님믈 그리자와 우니다니
*산山 졉동새 난 이슷하요이다"***

더 먼저 사랑에 다친 이의 사무치는 심사,
글썽글썽 닿데

없는 네가 달려오는 환시는
우주 삼라 헛보인다 할지라도 찬란,
거품 우주들에 발을 빠트리고 선
겹겹의 나, 쓸쓸하다만

질문하는 어린 나도

대답하는 늙은 나도
옛날에 죽은 나도 다 내 안에 있네

* 호모 엠파티쿠스: 공감하는 인간.
** 정서가 지은 고려속요「정과정」에서. "내가 님 그리워 울고 다니는 것이 산 접동새와 내가 비슷합니다."

파미르 혹은 파마루

—Homo prospectus*

초원을 걸으면 작은 것들의 눈짓이 보이지
앉은뱅이 풀꽃들이
키득키득 나불대는
운 좋으면 파 대궁도 보이는 여기는 파마루,

나, 고려Korea의 딸
어린 팟잎처럼 한들한들 서식지를 옮겨 다녔지
내 어미의 아득한 어미가
내 아비의 아득한 아비가
알이랑 알이랑 알알이요~**

파마루 지나 천산을 넘고 알타이를 넘어서 동으로 동쪽으로 시비리***를 지나 바이칼에 바이칼 물가에 씨앗을 키우다 볍씨 콩씨 품고 반도 땅 한밝산(태백산)에 이르도록
알이랑 알이랑 알알이요
알이랑 고개를 넘어간다

눈 밝은 족속의 역마살을 받은 나, 지리산 넘어 잉카를 밟고 남극해에 닿도록 실크로드 모랫길에 천산산맥을 따

라 파미르에 안기도록
아리 아리랑 쓰리 쓰리랑~

이 땅의 빨리빨리 DNA가
부지런히도 나를 끌고 다녔지

이윽고 내가 지려고 할 땐
멀리 가지 않아
팟잎이 허리를 꺾고 눕듯
내 어미 아비의 파밭, 마늘 내 매운 발치에 눕지

작은 여자의 춤도 멎고 어린 풀잎 옹알이들
더는 안 들리겠지
그때도 바람 소리 파동 칠 파마루의 하늘은
알이랑 알이랑 알알이요~

* 호모 프로스펙투스: 전망하는 인간.
** 님 혹은 하느님(한알님-한울님-하늘님-하느님)이랑(~함께), 즉 님이랑 함께.
*** 시베리아.

※참고자료

〈'아리랑', '파미르'에 대한 어원설〉

'아리랑'의 어원은 '알이랑'(알이랑→아리랑)이다. '알'은 성경의 '엘EL', 아랍인의 '알아(알라)'처럼 '하나님' 혹은 '님'이라고도 할 수 있다. '이랑'은 '~와 함께'라는 토씨.

'고개를 넘어간다'는 것은 고대 한민족이 파미르고원을 넘어 천산산맥과 알타이산맥 같은 험지를 넘어갔다는 말. 파미르고원을 중국인들은 '총령(蔥嶺:파총)'이라 하는데, 이는 한국어 '파蔥 마루嶺' 그대로 '파마루(파미르)'이다. 파미르고원에서는 실제로 파가 많이 야생한다. (필자도 파미르에서 봄.)

한민족은 알타이고개를 넘어 동쪽으로 시비리(시베리아) 지나 밝익알(바이칼), '바이칼'호수를 거쳐 동쪽으로 이동, 마침내 높고 밝은 산인 한밝산(太白山=白頭山)에 이르러 배달나라를 세웠던 것. 그리고 백두산 산정에 올라 자신들의 한알님(한알님→하날님→하늘님→하느님)께 천제天祭를 올렸던 것.

파미르에서 놓친 암각화

—Homo biblos*

여기서 나는 문맹이다 팻말 하나도 읽을 수 없는 무지렁이

혼자가 아니라도 혼자인 때, 사람 사이 물음도 대답도 입력되지 않아 머릿속 하얘지는 화이트아웃, 유르트 장대에 매달린 팻말 쪽을 훑고 훑어도 깜깜, 이건 블랙아웃,

오래 바랜 페인트 자국은 뭐라 뭐라 쓴 키르기스 문자겠는데

초원에 솟은 버섯빵 같은
흰 천막집에서의 일박,
숟가락 하나 걸쳐둘 문고리가 없구나

야생의 곰이라도 스윽– 문을 민다면 어쩐다? 그냥 죽은 척이나 할밖에는… 벽에 붙은 종이쪽은 어떤 짐승이 출몰할 수도 있다는 알림장이 아닐까 싶은데

만국 공통어, 암각화가 보고 싶다 고래는 고래이고 사슴은 사슴이고 해와 달, 별, 내달리는 사냥꾼의 돌화살같이 설명이 필요 없는 직독 직해, 와칸계곡의 암각화가 보고 싶다

* 호모 비블로스: 기록하는 인간.

그녀에게 큰손님 오시다
−Homo reciprocus*

길이 내리다지다 내내 내리다지다

송쿨, 노을을 입은 수면도
무장 펼쳐지던 초원도 있었던가 싶은

끝은 늘 무서웠다
그 너머는 막다른 길이거나 벼랑,
벼랑의 기슭은 앵무새 짓거리로
반복되는 갈之자
오락가락 가락오락 뚫어가는 길이다

이따금 밤새 뒤척이는 소리
헤드라이트 붐비는 흙먼지로

고요가 놀라 잠깐씩 숲을 줌업시키다

그는 왼손에 핸들을 바른손에 폰을 붙들고,
나는 그의 뒤통수를 붙들고
그녀는 구토를 붙들고 비몽사몽

내달리는 밤길

기도도 불안도 내내 내리다지다

* 호모 레시프로쿠스: 의존하는 인간.

에우리알레*의 귀환

–Homo symbious**

이제 빈집으로 돌아갈 때

뿌리 주변, 엎드렸거나 침묵하거나 큰 작은 손바닥들 다 지운
빈 가지
빈 하늘
철새 떼를 따라온 북풍만 와랑와랑 빈집을 흔드는 허공이다

지상의 빈집들, 폐가가 아님을
기다리는 것들은 안다
어둠 가시면 태양의 시간이라는 걸
그리 마음들이 자란다는 걸

대지로부터 하늘 뜨락으로 망명 온
내 푸른 것들,
봐봐, 꽃 피지 않아도 꽃보다 더 꽃인걸

여기는 고공의 내 실내 뜨락 겨울 없는 무풍지대다 나,

아침마다 눈 마중 나가며
"안녕, 눈이 오실라나?"
"고와라, 목화꽃이 발그레졌네"
"향기도 꼭 너 같다야"

그러나 역마살에 이끌려 사막을 헤집느라 오래 집을 비웠었다 현관에 들자 역마의 먼지 털 겨를도 없이 물통을 들고 다급히 다가선다
"밥이나 먹자, 꽃아"* 미안해

* 먼 곳을 유랑하는 신화 속의 여인.
** 호모 심비우스: 더불어 사는 인간.
*** 권현형 시집 표제.

무용無用의 용用

—Homo aestheticus*

달항아리는 비어서 무용하다
문학은 써먹을 데가 없어
참으로 무용하다
—모든 유용은 유용성 때문에 인간을 억압하나
문학은 무용함으로 해서 인간을 억압지 않는다—
김현이 뱉은 일성이다

울도 담도 없는 말간 하얀 봉긋한
유르트에 든다

초원을 깔고
하늘을 덮었으니 어떤 울타리도 무용하다
파미르 종다리도 수염수리도 함께하는 창공은
천리나 만리나 이르는
새들의 마당
울타리 없음의 큰 쓰임用이라니

맞다
물 담긴 달항아린 달항아리 아닌 물단지인 것

* 호모 에스테티쿠스: 미학적 인간.

콕보루, 푸른 늑대의 전설

–Homo opiniosus*

찬 공기주머니 같던 고원을 생각하다
이맘쯤은
빙판 진 호수, 고요에 들었겠다

물이랑도 없이 구름장 뜸 뜸 지나가고
시간은 무슨 서술처럼
동면 든 풍경이나 펼쳐 보일 코치코르 마을

더 이상 고요해질 수 없는 동쪽 수면이
얼음장 아래서 파르르~
잠텃하듯 할 짧은 진동을 생각한다

떠나고 없는 유르트 빈자리들
개밥바라기별의 등청 시간이 가팔라질
고원의 시각을 유추케 하는데

11월의 콕보루, 푸른 늑대의 하오 4시는
하울링도 없이
아직 닿지 않은 어둠 쪽으로 기울어지겠다

* 호모 오피니오수스: 상상하는 인간.

백우선

따로 같이

—파미르

승강기로 내려가면
여기도 두샨베다.

나무들도 다 지우면
뒷산 길도 고원 길,

오르막 고도도 높여
헐떡이며 또 쉰다.

천산

–파미르

마을도 사람들도
멀리멀리 남겨두고

지닌 것도 다 버리고
오르고 치솟는다.

빙설도 벗어버리려
어떻게든 녹여낸다.

고원

–파미르

머릿속을 바꾸라며
비잉빙 저어댄다.

속내를 비우라며
구토를 일으킨다.

고원은 눈얼음물로
만년을 씻고 있다.

아르군

—파미르

싸움에 져 밀려난
야생 야크 수컷은

짝을 찾아 떠돌다
암소를 만나서는

유목의 사랑둥이를
분신으로 남긴다.

두 소녀

–파미르 게스트하우스

그들의 얼굴은

사과로 빛났어라.

그들의 웃음은

진달래로 피었어라.

그들의 안녕하세요는

오로라로 떴어라.

검문
—파미르

카메라 빼앗고
여행객 잡아두고

왜 찍어? 못 줘, 못 가!
상황이 심각했다.

무심히 국경이 되며
판지강은 흐르고

폐렴

염증이 내 폐의 폐업을 시도했다.

지구의 온난화가 갈수록 심해지자

한 명의 탄소 배출도 줄이려는 거였을까?

윤효

화화초초花花草草
–파미르 詩抄 1

이 광활한 초원이 온통 꽃밭이었는데 어쩌면 좋으냐고 현지 가이드가 울상을 지었다. 보름 전만 해도 이렇지 않았다며 좀처럼 탄식을 거두지 못했다.

—걱정 안 하셔도 됩니다.
—꽃을 보고서야 꽃인 줄 아는 사람은 여기 없습니다.

산
-파미르 詩抄 10

4천 미터는 되어야
산이라 했다.

눈이 덮여야
산이라 했다.

한라산은
2천도 안 되는데

2천, 3천은
언덕이라 했다.

아무리 평균 해발고도가
높아도 그렇지,

한라산은
한 철은 흰 눈을 머리에 일 줄도 아는데.

엉겅퀴
–파미르 詩抄 2

숨 턱턱 막히는 한 뼘 양지 녘 땅바닥에 줄기도 없이 납작 엎드려 잎사귀들만 둥글게 펼쳐 놓고 있었다.

시푸르던 그 서슬 모두 흘려보내시고 말수도 한껏 줄이시던,

아아, 아버지.

잔명殘命

–파미르 詩抄 7

유르트에는
발 시린 침상과
말똥 난로와
한밤에도 나가는 알전구뿐,

어렵쇼!
없네.

배터리 잔량을 보며
소스라쳤다.

탯줄이었다.

근두운觔斗雲
–파미르 詩抄 4

구름을 불러 타고 다니는 손오공 이야기를 읽으면서 그 어린 나이에도 나는 참 황당하다고 느꼈다. 그러나 그 생각은 수정되어야 했다. 파미르고원에는 손짓하면 바로 달려올 거리에 흰 구름들이 항상 대기하고 있었다.

우선순위
―파미르 詩抄3

유르트 캠프에서 켈수호수까지는 이십 리 길이라 했다.
청량한 고산의 기운을 받고 싶었다.
걷기로 했다.
평지가 끝나자 오르막이었다.
이내 숨이 차올랐다.
한 걸음도 나누어 발을 떼어야 했다.
몰아쉬어도 가슴이 풀리지 않았다.
아우슈비츠가 떠올랐다.
며칠째 지끈거리던 두통은 이미 문제가 아니었다.
헛디뎌 벼랑 아래로 떨어지면 어쩌나 하는 두려움은 사치였다.

하늘의 소리

–파미르 詩抄 8

산정호수
켈수 보고 내려오는데
부르는 소리가
들렸다.

몇 걸음 떼자
그 소리가 또 들려왔다.
아무도 없는데
누굴까?

산덩어리였다.

우뚝 솟은
부챗살 암벽이 허공 가득한 파동을 모아
소리를 내고 있었다.

가만히 우러르니
점점
크게 들렸다.

우우웅, 우우우웅, 우우우우웅!

이 소리
들려주려고
그렇게나 나를 불러 세웠던 것이다.

조백早白
–파미르 詩抄6

키르기스스탄 두 번째 도시 오시의 자이마 바자르는 그동안 가 본 바자르 중에서도 단연 으뜸이었다. 그 큰 시장이 온통 사람들로 넘쳐났다. 문자 그대로 거대한 인파人波였다. 일행은 긴장할 수밖에 없었다. 꼭 붙어 다녀야 했다. 그러나 떠밀려 나뉘기 일쑤였다. 그렇게 이리저리 휩쓸렸으나 열두 명은 용케도 한쪽에 다시 모일 수 있었다. 흰머리만 찾았다 했다. 우리 둘째 아들은 조백해서 걱정이라시던 어머니 말씀이 떠올랐다. “엄마, 오늘 한몫 단단히 했어요.”

목화

–파미르 詩抄 14

오래전 김추인 시인 주신 목화 해마다 꽃 핀다.
한 해에도 여러 차례 꽃 핀다.
밭농사여서 한해살이인 줄 알았었는데
화분에서도 잘 자라는
목화는
떨기나무.

여행에서 돌아오니 푸른 살구 같던 열매에서 솜 폈다.
파미르 흰 구름 뭉게뭉게 폈다.

장관壯觀
–파미르 詩抄 13

1도 안 되는
0.몇
0.몇
그 숫자에
시달리고
지쳤는데
여기
오니
아이들
많네
엄마랑
아빠랑
안고
업고
손잡고
까르르
까르르
아이들
참

많네

파미르고

뭐고

만년설이고

뭐고

눈에

확

띄네.

이경

지붕 위의 호수

—파미르를 꿈꾸며

우리는 그들 근처에서 하룻밤을 보낼 것이다
나귀의 뒤척임과 양들의 숨소리

양들의 똥을 받아먹고 벌개미취꽃으로 피어난 하느님 곁에
산봉우리들의 이름을 경전처럼 외우던 시인의 혼령 가까이

오래 입은 옷처럼 몸에 잘 맞는 청명한 가난
그 희고 빛나는 뼈들의 광채 속에서
끝과 시작을 모르는 별들의 이야기 속에서

우리는 보게 될 것이다
다겁생을 거듭해 아이로 태어나 늙어 죽은 자들의 깊고
푸른 눈
지붕 위의 호수

설산이 호수 깊이 흰 봉우리를 담그고 잠들면
동쪽을 달려온 해가 새벽 산을 건져 올려 찬란하게
또 일으켜 세우는 것을

잔도

사막 여행 중에 만나는 고갯마루나 대원들에게 별명 붙여주기를 좋아하는 사성 형의 기행 산문에서 나의 별명이 잔도다. 잔도는 탄탄대로가 아니라 반쯤 허공에 걸쳐진 길이다. 길 없는 벼랑이나 계곡에 이어 붙여 스스로 길이 된 길. 그러고 보니 내가 지나온 길이 잔도가 맞다. 아슬아슬 위태롭고 아름답지만 한눈팔 수 없는 외길. 벼랑에 핀 꽃 한 줄기조차 이내 무거워져 시퍼런 강물로 던져야 했다. 시가 붙잡아 주지 않았다면 올 수 없는 길이다. 딸아이 입학과 함께 시작한 대학원 공부가 그랬고, 보따리장수로 뛰던 여러 대학의 강사 일이 그랬고, 어느 대학 겸임교수와 문예지 편집장을 겸하면서 숨찬 내공으로 나를 증명해야 했던 날들이, 등단 30년 시집과 시인의 길이 그랬다. 벼랑의 벌집에 꿀이 달아도 멈출 수 없고 아름다워도 가질 수 없는 길! 시가 강한 흡입력으로 빨아들여 주지 않았다면 범접하지 못했을 절경이다. 냇물을 만나면 바위를 물 가운데로 옮겨 딛고 온 여행이었으나, 앞으로 나의 길이 또한 그렇다 해도 불평하지 않아야지. 시가 함께해 주기만 한다면 말이다.

물을 건너다 잃어버린 시
-파미르 1

술과 밥을 말에 싣고 켈수로 가는 길은 말의 바깥이다
시 한 편 은근슬쩍 말 등에 올라타는데

말고삐를 당기고 있느라 머리로 다 받아썼는데
처음부터 끝까지 분명히 받아썼는데

물을 건너다가 잃어버리네
말이 네발로 물살을 부술 때 시도 깨끗이 부서져 버리네

켈수는 말로 떠먹을 수 없는 물
설산이 시를 데리고 유유히 떠내려가도 강물은 깔깔거리며 시치미 떼고

끝내 한 글자도 건져 올리지 못하네
켈수의 시를 켈수가 가져간들 할 말 없어라

켈수는 말의 바깥이라
물과 산이 모두 시일지라도 문자에 담아 갈 수 없다는 것을

말들의 야시장

―파미르 2

여기 죽은 말고기를 파는 가판대가 있네
죽은 지 오래된 말 고기일수록 악취가 코를 찌르네

가판대 위에서 흰 말과 검은 말이 눈을 가리고
싸우네
궁색할수록 질기고 독해지는 말 말 말 말

여기는 어디인가 바닥을 치는 막말의 아비규환
뿔이 없는 말들이
입으로 들이받고 엉덩이로 치고받는 말들의 전쟁

말들의 야시장이 버젓이 생중계되고 있는데
말뼈다귀인지 개뼈다귀인지 가리기 어렵네

밥숟가락 별
-파미르3

저녁 비행기가 천산산맥을 넘고 있을 때

저 아래 검은 골짜기 가운데 불빛 하나

외따로이 더러는 몇몇씩 모여

시장에 붉은 밥숟가락 별 뜨고 있네

불빛 하나마다 어머니

겨울 저녁 배춧국 끓이는 어머니

불빛 하나마다 숟가락 달그락거리는 소리

따뜻한 슬픔이 끓고 있네

오시 바자르의 말 장수
—파미르 4

오시 바자르 저잣거리 말고삐에 끌려가는 사람을 보았네

고삐의 한쪽 끝을 말의 코에 꿰고 다른 쪽 끝을 사람의 코에 꿰어

힘들게 말고삐를 부리는 사람을 보았네

말이 말을 듣지 않아서

사람이 말을 끌고 가는지

말이 사람을 끌고 가는지 모르게 되어

죽은 말 고기를 파는 상점들의 골목을 지나

오늘 초원에서 잡은 말을 팔러 가는 중이라는데

그의 직업이 시인이라고 하네

말이 되지 못한 마음아
–파미르 5

너에게 닿기 위해

내 말은 한사코 말과 말 사이를 비집고 들어가네

처음 만난 말에게 마음을 들킨 것일까

말들은 시가 되기 위해 마음을 훔쳐내는 명사수

마음은 명마를 얻어야 시가 되는데

말과 마음 사이 높은 담을 슬쩍 뛰어넘는 나의 적토마

말을 타고 갔던 마음이 돌아올 말을 구하지 못해

우리가 별과 별 사이만큼 멀어지고 난 뒤에도

마음이 저 혼자 또 한 생을 걸어가고 있는 것이냐

물가의 아이가 되어 거기 아직도 앉아 있는 것이냐

말이 되지 못한 마음이 쓸쓸히

초원의 만찬
-파미르 6

지는 해를 받는 암사자의 눈에 불이 켜진다
곧 사냥이 시작될 것이다

저 인자한 눈빛 속에 칼 같은 송곳니가 들어 있다
킬리만자로의 늙은 고독이 들어 있다

강하고 지혜롭고 날카로운 칼
바느질을 마친 어머니가 송곳니로 실을 끊듯이

순록의 목덜미에 송곳니를 꽂아
고요히 숨이 멎어주기를 기다릴 테지

곧 살과 피의 성전이 벌어질 것이다
피 냄새를 쫓아 저녁 굶은 짐승들이 모여들겠지

어둠을 딛고 발소리를 죽이며
사자의 시간이 오고 있다

켈수로 돌아오는 산들

−파미르 7

저녁 무렵 갈퀴에 흰 눈을 이고
켈수로 돌아오는 산들의 머리를 보네

말의 형상을 닮은 바위산의 얼굴들
눈썹이 검고 콧날이 우뚝한 산의 열두 형제들이
개선장군처럼 돌아오고 있네

표범과 사자와 하이에나와 순록을 각자의 동굴로
들여보낸 산이 평화로운 얼굴을 하고

불 켜진 오두막
어머니의 집으로 돌아오고 있네

마타리꽃 위에 집을 지은 거미 한 마리조차
제집으로 들어간 뒤에
제일 늦게 문 닫는 쇠별꽃의 귀가를 지켜본 다음

할 일을 마친 목동의 얼굴로 소들을 거느리고
저녁의 산들이 돌아오고 있네

물 먹는 말
–파미르 8

달리는 말은 고삐가 짧아 물에 입이 닿지 않네
달리는 말은 고삐가 짧아 풀에 입이 닿지 않네

목이 뜨거운 말이 물 쪽으로 고삐를 당기네
고삐 끝에 달린 팔이 고삐가 되어 끌려가네
팔 끝에 달린 몸이 고삐가 되어 말 목에 엎드리네

목이 뜨거운 말이 강물을 마시네 벌컥벌컥
말 목을 지나가는 강물 소리 천둥 같은 강물 소리

강물의 동맥이 뜨거운 말의 목을 지나가네
강물의 기쁨이 말의 몸에 소스라치네

목이 뜨거운 말이 강물에 긴 꼬리를 적시네
젖은 꼬리를 휘감아 하늘에 뿌리네 무지개가
잠깐 섰다가 사라지다가

켈수에서 흐르는 강물이
물 먹는 말과 말 목에 엎드린 나를 비추네

이경철

파미르고원 오르니

시是비非 시시비비 씨팔씨펄 숨차게 오르니

넓은데도 갇혀 있구나

갇혀 있는데도 넓구나

다들 그렇게 숨차게 오고 가는구나.

파미르고원 새벽 빗소리

세상의 지붕 처마 끝

새벽 빗소리 뚝, 뚝 듣는다

찬술 한 모금 또 한 모금 추적추적

너와 나 살 비비며 한 몸 돼가는 소리.

멀다

가까이 있는데 멀다

너와 나 손깍지 끼면 되는데

저 만년설 봉우리만큼 은하수만큼 멀다

온 세상 통통 털어 하나뿐인 그대여.

이어져 있다

신새벽 인천공항 달린다
하늘과 산 깨어나지 않은 미명
도로와 공항 환하고 부산하다

한강 물 흘러 초원 비단길 흘러
파미르고원 에둘러 만년설 쌓여 있다

고원서 만난 유목민 가족
석기시대 맨낯빛 먼 옛날 두고 온
아버지 어머니 내 누이 눈빛

살갑다
초원 수놓은 민들레며 엉겅퀴꽃, 꽃들
접시꽃 피어올라 아득한 고향 여기 있다.

송쿨호수 태초 감각

까만 밤하늘 시퍼렇게 날 선
초승달과 번뜩이는 별들
으스스 떨리는 신새벽

먼 데서 동틀 기미 보이자
초원 소 양 떼 울음소리

피어오르는 물안개
뭉클뭉클 부풀어 오르는 땅

고산준령 둘러싸인 송쿨호수 나가니
늑대 강아지 한 마리 쪼르르 달려와
자지러지게 몸 비벼댄다

너와 나 외로운 물질들의 살가운 촉감

하늘땅 물안개 산봉우리 만년설 흰 구름
서로서로 살 비비며 한 세상 열고 있다.

낮게 엎드리다

파미르고원 오를수록 더욱 낮아지는 나무들 꽃들
모스크바광장에선 모가지 치켜들고 주먹 불끈 쥐던 민들레
파미르고원에선 땅에 납작 엎드렸습니다

울화통 터지듯 화산 폭발하듯
피어오르며 초원 뒤집어 놓던 엉겅퀴꽃
높은 데선 할미꽃처럼 고개 숙입니다

꽃 낮짝 귀 기울이니
물소리 낮게 낮게 들립니다
만년설 녹아 산도 녹아 흐르는 소리

돌도 흙도 옥도 쇠도 죄다 녹아
몸 섞어가며 흐르는
소리, 생명 태초의 선율

낮게 낮게 엎드리니
세상과 한 몸입니다
참 평안합니다.

엉겅퀴꽃 랩소디

파미르고원 만년설산 오르는 길 지천으로 엉겅퀴꽃입니다 대초원 초록 일색 만년설 순백 세상 붉게 피어오르고 있습니다 피어올라 폭발하고 있습니다 꾹꾹 눌러둔 기다림과 분노, 순정과 열정 한꺼번에 폭발하고 있습니다

멀리 떠나와 이 고원서 한 철 보낸 윤후명 본향 향한 먼 그리움 아득한 시 소설 놓아버리고 엉겅퀴꽃 그렸습니다 붓끝마다 갈가리 터져 나는 화산 폭발 선연한 불꽃 리비도 암녹색 씨방 폭발해 오르는 오르가슴 붉디붉은 꽃술 그 엉겅퀴꽃 그림들 그대로 피어나고 있습니다

눈 녹은 물가에 제 얼굴 비춰보는 수선화
여름내 불꽃 심지 쟁여놓고 타오르는 목백일홍꽃
갈바람 언덕서 이별 하얗게 흔들어대는 억새꽃
쌓인 눈 언저리 보송보송 피어나는 할미꽃
가만 들여다보면 다 엉겅퀴꽃
웅크리고 웅크렸다
폭발한 엉겅퀴꽃 족속들

기다리고 기다리다 한순간 폭발해
선 채로 하얗게 화석이 돼가는
하, 아득한 시간, 까마득한 그대여

보드카 허리에 찬 백수 광부
머리카락 휘날리며
물 건너 설산 넘어 허위허위
먼 그대 부르는
엉겅퀴꽃 도깨비 꽃방망이여

대처에 장 보러 나왔다 고원 너머 유르트 움막 한 점으로 사라져가는 원주민 햇살 바람 때 주름 겹겹이 쌓인 낯짝 그대로 엉겅퀴꽃 피고 피어 따라갑니다 먼먼 날 우리 엄마 아버지 누이동생, 그리고 그대 실루엣 어른거립니다.

이어져 있다 2

—쓰가루해협에 앉아

저 너머 북해도 그 너머 사할린
쓰가루해협 언덕서 마주 앉은 부추꽃

하얗다
우리 집 베란다에 핀 고추꽃 쑥갓꽃
만년설 언저리 햇살에 피어난 파미르고원 파꽃

참 멀리들 떠나왔구나

바람에 실려 오는 뱃고동 소리
거센 파도 흰 거품 박차고 나는 갈매기

익숙해지면 또 떠나는구나

쓰가루해협 파도 따라 파미르 만년설 능선 따라
가고 또 가면 언제 여기
또 오긴 올 건가

부추꽃아 갈매기야

파도 바람 햇살 겹겹 때에 절어
몸 바꾸어 떠도는 무채색 혈육들아.

유아독존 처처불

깎아지른 설산 적벽 만물상 에두르고
만년설 녹아들어 은하수도 흘러들어
쪽빛 한 세상 투명하게 연 켈수호수

올려다볼 땐 코끼리 호랑이 독수리 장군 요부 도깨비
기암괴석 만물상이더니
물속 들여다보니 다들 부처상이구나

유아독존唯我獨尊에서 처처불處處佛까지
'에서~까지'에 너무 많이 끄달렸구나
가당찮은 문자들이구나
너무 많은 헛것들이구나

투명한 호수 들여다보니
유아독존 그대로가 다 처처불인 것을.

이채민

집으로 가는 길 1

자동차도 사람도 보이지 않는 길
이정표조차 찾을 수 없는 길
해발 3,000m
천산산맥 줄기 33앵무새 굽은 길 위에서
남자가 손을 든다

차를 세우고 가까이서 본 그는
소년의 티를 갓 벗은 청년이었다

내일이 학교 개강이라 집으로 가는 길이라며
집은 밤을 새워 15시간은 걸어야 닿는 나린이라 했다

범접할 수 없는 첩첩 산의 적막보다
대책 없는 먹먹함이 밀려들었다

내겐 두렵고 버거운 설산의 줄기가
말과 양떼를 몰아주고 학비를 장만한 그에게는
미래를 안겨주는
희망의 산맥이고 호수였음을 깨우쳐 주었다

한밤중 늑대와 여우도 별것 아닌 듯
백미러를 통해 본
뒷좌석 그에게 흐린 기운은 없었다

내일을 꿈꾸는지 곤히 잠든 그가
고열의 신음으로 탁했던 차 안에
송쿨의 풀꽃 향을 피워 올렸다

별의별 꼴

불빛 한 점 없는 초원에서
형용사 동사 부사를 떼어버린
별의별 꼴을 보았네

기록되지 않은 유언들과
더하고 뺄 수 없는
유목의 첫, 첫, 첫이 와르르 안겨왔네

불붙은 도화선처럼
현란하고 문란한 밤하늘의 행적을
생의 절반을 소진하고
이제야 만나네

살에 박혀 울먹이는 언어들과
혀끝에 매달린 모래알까지
무한히 순해지는 밤

나 이제
눈 하나 감고 살아도 괜찮겠네

유르트의 첫날 밤

빛깔과 향기는 없고
매우 허술했고 추웠다
모자와 장갑 머플러로 중무장을 하고 잠을 청했다
말린 소똥으로 불을 피운 난로는 언제 꺼졌는지
밀려드는 추위에 잠에서 깨어났고
거적 같은 문을 밀고 밖으로 나갔는데

차마 말로는 말할 수 없는
굶주림 없는, 문란하기 그지없는
별들의 행위를 보고 말았는데

예언 같은 세상에서
첫 경험은 이런 것이었구나
그래서 나, 여기에 왔구나
잠시 하늘을 향해 두 손을 모았다

天山의 말씀

만 갈래의 젖줄 하나가 뜨거운 심장을
더욱 뜨겁게 했는데

내려가라

내려가라

한 발 한 발 오를 때마다
차오르는 말을
설마, 하며 적당히 받아 적었다

겁 없이 최후의 선택을
저울질하던 내게

그만, 내려가라

타이르는 산의 말을
영양제 삼키듯 꿀꺽 삼켰는데

세상의 모든 산은

돌아앉을 수 있고

레테의 강은
멀리 있는 것이 아니라고

최후의 통첩 같은 말이, 말씀으로 들렸을 때
천산의 가슴을 보았다

첫, 은 기원이 되는 것임을 알지만
기원이 죽음보다 무서운
완벽한 고통이란 걸 알지 못했다

하늘에 맞닿은 天山은

산이 아니었음을

내게 기원이 될 수 없음을

두 무릎이 꺾인 뒤 알게 되었다

갈색 말

말을 타기 위해 말에게 갔는데
안목이 없는 나는
그냥 고독해 보이는 갈색 말을 골랐는데

해발 3,000m 송쿨호수의 바람과
노랑두메양귀비가 지천인 초원은
더하고 뺄 수 없는 낭만으로 뒤덮여서
말 등에서 나는 쉼 없이 조잘거렸는데

땅만 보고 걷던 녀석이
큰 숨을 토해내며 일탈을 하는 순간
놀란 나는, 녀석의 불룩한 배를 차고 말았는데

갈색 말은 기분이 상했는지
나와는 함께할 마음이 없는지
한동안 꼼짝도 않고
나는, 칼날 같은 햇살을 받으며 조잘댔고

체념은 각자 견디는 방식으로 끝났지만

고독한 놈은
절대 선택하지 않겠다고 다짐했는데

영하의 아침
내 몫으로 피어나는 햇살 앞에서
고독한 후광을 두른
갈색 말의 눈망울이
자꾸 생각이 나는 것은

파미르 가는 길 1

천산산맥 만 갈래의
어느 한 젖줄을 따라가는
꿈을 꾸며 여기에 왔다

어디서 이어지고 이어져서
어디까지 흘러드는지
해독하지 못한 편지 한 장을 손에 쥐고
나는 지금 여기에 있다

꿈꾸던 아침을 만날 수 있을까
雪山의 가슴은 볼 수 있을까
알 수 없는 설렘이 잠시 두통을 잊게 했지만

물수제비 몇 번 뜨고 돌아서는 내게
호수는
파문을 만들지 말라 하고

天山은
함부로 지문을 남기는 것이 아니라며

반복해서
내려가라
내려가라 하신다

검은 말과 양들은
아직 자라지 못한 초원의 풀만
뿌득뿌득 뜯고 있었다

파미르 가는 길 2

파미르의 열흘은 꿈

오르지 못하고 되돌아왔으니

닿지 못한 그곳을

나는 다시 꿈꿀 수 있겠다

어느 별에서든 시작과 끝은 무한히 반복되므로
오늘의 햇빛과 바람과 풍경은 오롯이 내 것이다

먼 훗날
파미르 가는 길도 내 길이다

숨겨야 하는 비밀보다
묻어버리고 싶지 않은 추억이 아름다워서

나는 다시

닿지 못한
파미르
꿈을 꾼다

산의 마음

산이라고 말할 수 없는
산이 있다는 것을 몰랐어요

내가 산을 보았는데
산이 먼저
나를 보고 있다는 것을 몰랐어요

내게만 문 열어주지 않는 산이
나보다 나를
더 잘 알고 있다는 걸 몰랐어요

나를 안고 가는 바람이 몹시 휘청일 때
누구도 고열을 다스리지 못할 때
설산의 노여움이 땅으로 내려왔을 때

비로소
산의 마음
알게 되었네요

조연향

별의 증세

내 세포가 부풀고
눈알이 튀어나올 듯, 실핏줄을 끌어당기듯 가슴이 조여오는 것
내 몸의 증세는 별의 증세인가 나는 아직 별이나 고산에 한참 이르지 못했는데

여기서는 우주인처럼 천천히 걸어야 한다
높이 뛰지 말 것 흥분하지 말 것
가만히 가만히 발자국을 옮기면서
이 지구 끝에 위태롭게 내가 서 있다는 것
내 몸을 땅과 하늘에 맡기고

시간도 제대로 흐르지 않아 바람도 불어오지 않는 여기는
내 발밑에서 검게 출렁이는 어둠의 분화구

저 멀리 초록별 지구를 바라보면
지구인이 말을 타고 설산을 올라가고 있다 오르고 올라도 여기는 하현달
바라보면 아주 미진한 길들

발밑의 세계는 슬픔도 고통도 아주 미진하게 지나가는 그 이름일 뿐

고산의 증세는 별의 증세

백지의 공포

하룻밤의 마을을 떠나왔네
마구간 고삐를 풀고 떠나온, 어디를 가든 얼룩을 남기고
말하자면 여기는 아직 戰場의 초입
겨우
말고삐를 놓치지 않으려고 안간힘을 쓴다

말이 무서운 것이 아니라, 내 혀끝에서의 헛된 말을 돌아보면
白紙와 白地의 광활한 벌판이 공포스러워지기도 해라
평야와 골짜기를 지나야 하고
저 골짜기에 내동댕이쳐질 일은 없었으면

말을 몰아갈 줄 모르는 나에게 눈빛 한번 주지 않은 냉정한 使徒처럼

머리 뒤 눈 달린 괴수처럼
초행이라는 것을
어찌 간파했는지 내 말의 보폭은 느리고 천천히 고요했다

설산이라든가 여울목이라든가 무덤이라든가
이방인을 태우고 가면서 뒤를 돌아본다는 것은 위험한 일
어리석은 원정은 이제 처음이자 마지막

노새의 일기

돌아왔다 설산이 흘러내리는 초원에서 철근과 시멘트 속으로

켈수호수와 구릉을 넘어서

어쩌면 단테를 따라 연옥의 계곡을 거쳐 온 것처럼
말 무리를 따르던 한 마리 어린 노새처럼

양귀비 수레국화 비탈을 거슬러 제주 산악대장이 저 빙하의 단애를 눈앞에 두고 목숨을 바쳤다는 구전을 따라 어리석은 내 마음 그곳에 묻혔으면

생의 근원과 불안의 이유를 찾으려 떠난 것은 아니었으나
열두 마리 말 중에 한 어미를 따라가면서도 뒤를 돌아보고 또 돌아보는 노새는 내 혈통이 아니었으면
한 생 후사가 없다 한들 설산 아래 다시 태어나도
한 마리 노새라도 좋겠다

순결한 식사

말고기 버무린 식당의 국수 앞에서

피둥한 내 엉덩이 받쳐서 흰 산을 오르던 힘겨운 보폭이 떠오른다

고삐를 늦추자 설산의 흰 물결을 들이켜는 식사

고개 숙여 잠시 목을 축이고

묵묵히 걸어가던 말갈기와 바람에 흔들리던 긴 꼬리, 산맥처럼 출렁거리던 검은 등허리

젓가락을 들고 말고기를 헤집고 헤집는 야만인의 저녁

나는 울음 섞인 이 접시를 건너가야 한다

유르트 사색

밤하늘이 내 머리에 히잡을 씌워준다
무슬림처럼 무릎과 두 손을 모으면 안개 속으로 불어오는 아잔의 메아리

神이시여 이 피를 깨끗이
기름진 살점이 녹아내리기를 나 여기에서 길을 잃지 말기를

하늘 아래 움직이는 모든 것에는 영혼이 있을 법

내 혼이 살짝 빠져나가 저 별의 시녀라도 되었을까 유체이탈이라도 된 듯
손 닿을 수 없는 저곳을 향해 팔을 벌리고 서 있는 허수아비 그림자

히잡이 이리 두꺼워서 세찬 바람도 막을 수 있을 것 같다
어떤 억울함과 상처를 다 덮어줄 수 있을 것 같은 저 무한 천공의 히잡

축제가 열리겠다

남자가 양을 잡으면
배를 갈라 창자 속의 풀을 꺼내고 내장을 처리하는 일은 여자가 하는 일

동충하초를 먹은 뒤 11월에 잡아야, 살찐 양을 잡아야 성대한 축제가 열리겠다

아무런 반항을 모르는 양
나무에 묶여 있으면 이제 응당 땅 위에 피를 뿌려야 한다

잡히지 않는 양은 새봄에 또 새끼를 낳아 젖을 먹이고 또 남아서 치즈가 될 때까지

건초를 먹어야 한다 언제나 남자는 양을 잡고 여자는 배를 가르고

언젠가 또 알라신에게 기도를 올리고 나무에 묶일 때까지
건초가 무색해지면 또 축제가 열리고 양은 천국에 오르겠다

유목의 묘지

소들이 무덤을 지고 구릉을 내려온다
저기 공동묘지를 지나면 또 하나의 마을이 있다 말고삐를 쥔 마부들이 산등성이를 후려치며 지나간 계절을 또 지나간다

속눈썹이 긴 아이들이 주렁주렁 가로수에 매달려 잎을 물들이고

공동묘지는 바람에 허물어지면서도
때로는 마방에 들러 한 잔 보드카에 목을 적시고 싶기도 해라

천산을 오르던 꽃들도 언젠가는 다 지고
무덤이 삭아 내릴 때 소뿔이 자란다

좀 더 높은 공동묘지를 지나야 저 산에 이를 수 있으리
쑥쑥 뿔들이 자라나고
저 이름 없는 묘석에 시 한 줄 새기고 싶다는 생각이 무모하기도 해라

고원의 불꽃

금방 타버리고 마는 소똥
민들레와 엉겅퀴 양귀비 타올라 게르의 공기는 풀밭이다

소똥에 녹아든 온기가 이리 춥고도 아쉬워라
풀꽃의 사체들이 타는 밤
계곡 아래 약초들이 소 핏줄로 다시 돌아가는 시간이라고

라면 하나를 끓이고도 소똥 한 덩이는 여전히 불을 머금고 있다

길에 널브러진 배설물 말릴 일손도 귀하고 귀해서
꽃향기를 맡듯이 귀하게 불꽃을 바라보네

그대와 나의 심장은 寒氣에 떨더라도 연기는 하얗게 굴뚝을 빼져나가고
대기는 여념 없이 한 몸이듯 배설의 연기와 섞여서 떠오르는 꺼진 불꽃

켈수 고백

나는 늙어빠진 숫처녀
저 검은 말을 타고 지옥과 연옥 그리고 골짜기와 구릉이든
어디든 갈 수 있지
아무런 부끄러움과 설렘도 없이
햇살 아래 침묵의 검은 목덜미를 바라보면서

모든 길에 대해서
처음 가는 길에 대해서 어떤 두려움도 갖지 말아라
고갯길에서 나는 낙마했지만
우리에게는 아무 일도 없었다 어떤 상처 같은 것 주고받지 않았다 비밀도 없었다

호수 기슭에 나를 내려놓고
오래오래 말이 풀을 뜯고 있을 동안

가슴 저 밑바닥에서 파도처럼 밀려오는 켈수호수의 물거품
아주 천천히
말이 전해주는 해독할 수 없는 검은 밀어에 어떤 미련도 두지 않기로 했다

마음의 뒤쪽

하현 뒤쪽은 당신의 마음
메밀꽃밭이 흔들리네 우수수 하얀 꽃잎이 떨어지듯 별빛이 쏟아지네

달은 이제 질 듯하네 사라질 듯하네 저리 붉으면 쉬이 지리라
하현이여 그대 뒤쪽의 마음이여* 활활 핀 화로 같은 허공의 문양 같은

너무 가깝다네 너무 가까워서 위험하네 죽어야 갈 수 있다는 멀고 먼 그곳
당신의 가슴처럼 너무 가깝고 멀어서 사랑의 거리를 가늠하지 않겠네

그대 뒤쪽에는 우주가 펼쳐져 있다고, 밀서를 숨기고 있다고
어떤 밀약을 위해서 인주가 필요해 숨길 수 없는 문양이 찍혀 있는 허공

* 단테의 『신곡』「연옥편」 18곡에서 차용.

최도선

내 안의 파미르

그해 여름 끝자락에 사막팀이 파미르를 향해 떠났다
나는 아팠고
밤새도록 장대비가 왔다
그곳은 쾌청하다는 카톡이 떴다
'참 다행이야'라고 문자를 올렸다, 카톡은 가지 않았다

방송에선 연신 도로의 땅 꺼짐 사고를 내보내고 있다
소리 없이 꺼져 내린 땅 구멍처럼 내 마음도 펑펑 꺼져 내렸다

적막함과 쓸쓸하다는 단어가 處暑 지나 부는 바람과 함께
거실 한 곳에 와 앉았다

검색창에 뜬 파미르 종다리를 화면 밖으로 끌어냈다
봄이면 보리밭 공중 높이 떠 지르쫑 지르르 종 울던 새
붉은 갈색과 검은색 가로무늬 줄무늬,
뒷머리 깃이 길어 뿔처럼 보이는 것까지 똑 닮은
아, 네가 그곳에서 둥지를 틀고 있었구나
무엇을 보려고 그 높은 산까지 갔던 거냐?

그래 너는 거기 있고 나는 여기 있자
너는 초록 보리밭을 그리워하며
설산 바위틈에 둥지를 틀고 생육하고 번성하여* 온 땅에 퍼져 살렴

몇억 년 전 운석이 떨어져 호수가 됐다는 카라쿨호수를 영상으로 보며
파미르의 신선한 정기와 무수히 빛나는 별빛을 깔고 눕는다

* 「창세기」 1장 28절에서 가져옴.

오늘이라는 선물

혼돈과 공허한 흑암의 땅 파미르

레닌봉, 태양이 흑암을 밀고 오르는 저 저 붉은빛을 보라. 천지가 핏빛이다. 천지가 찢어지고 있다. 어둠이 수면으로 곤두박질치고 있다. 혼돈의 시간 지나가고 하늘을 흠뻑 들이마신 산정들, 고산 발치에 누운 야생화 들풀, 테레스켄* 나목들이 숭얼숭얼 깨어나고 뭍짐승들은 수런거린다. 빙산 아래 허기진 늑대가 밤새 울어도 지들끼리 뛰노는 이곳에 오늘이라는 선물을 가지고 아침이 온다. 서서히 시간이 흘러 죽음을 맞이해도 오늘은 단 하루, 기도로 날선 칼날 같은 침묵 얼마나 많은 오늘인가. 오! 얼마나 많은 길인가. 축복의 날인가. 파미르고원에 펼쳐진 암석 같은 시간들

신에게 받은 오늘이 눈부시게 빛난다

* 파미르 지역에서 유일한 초식동물의 먹이.

미트라*의 손짓

웅장한 돌산 그 너머 설산 밤낮없이 떠오른 태양

그곳은 꽃이 피고 꽃이 지고 또 피고 지는 곳

나에게 오라고 손짓했다. 티끌세상 내려놓고

잿빛 빙하 흐르는 들녘, 미루나무 이파리가

어릴 때 본 반짝이던 이파리의 기억을 불러와도

못 갔다. 심장만 뛰었다. 생명 빛만 애무했다

* '태양'을 뜻하는 페르시아어.

친구
–오시 거리에서 만나다*

경량 패딩을 입고 턱수염이 고르지 못한 누런 얼굴
주름진 입가에 미소 띤 중년의 남자
나는 모르는데 나를 아는 듯 반기며 말을 건넨다

나는 당신을 모르고
당신도 나를 모르는데
당신은 나를 친구라 부른다

한국에 와서 9년을 살았고
○○ 가구 공장에서 돈을 벌어 왔으니
한국의 당신들은 우리의 보석 같은 친구!

참깨가 듬뿍 뿌려지고 가운데 예쁜 문양을 한 '난'**을 주는 손
잠시 스쳐 간 것이 아니다
9년의 삶이 큰 자본이 된 굳은살 박인 손으로 감사를 펼친다

고마운 친구

나를 모른다고 하지 말아줘
시냇물이 바다가 될 수도 있을 테니

* 영상에서 본 한 장면을 시화함.
** 키르기스스탄의 주식 빵.

신성의 시간

검은빛 실핏줄 속으로 흘러 흘러 청록색 짙고

파노라마 바위 능선 범접한 발길 없어

온전히 神만이 드나드셨나 울고 가는 새도 없다

여기는 티베트 1

황금 사원의 금빛은 그리 오래 머물지 않는다

그러나,
여기 티베트의 찬 공기에는 금빛이 아주 오래 머문다
심성 고운 낮빛의
대빗자루 끌고 가는 시커먼 손,
때 낀 손톱엔 까만 금빛이 곱게 빛난다
부처의 부드러운 미소가 바깥마당 돌이끼에까지 온화하게 머물면
코흘리개 어린아이가 불전 5각을 들고 불당 문지방을 깡충 뛰어 넘어가
넙죽 절하는 이곳
금빛 햇살이 맑은 바람을 밀며 다가와

온몸에 살풋 내린다. 고산증에 시달리는 내게도

여기는 티베트 2

첫 푸르름, 라싸에 떠오른 동녘의 붉은 해

신이 창조한 태초의 낙원의 빛
결코 붉은 햇덩이가 아니다
청초한 에덴의 빛,
나뭇잎에 떨어진 붉은 가루분들
생명의 빛이 이곳에 와선

무한히 몸을 낮추고 오체투지한다 뜨겁게

만다라

12日間을 보기 위해 12年을 걸었다

1일을 보는 데 1년이 걸려도 알 수 없는 미소의 세계

잡힐 듯 잡히지 않는 타르초를 흔드는 바람

앞섶을 여미고 참배 올리는 손끝에

기척 없이 와서 앉은 잠자리 떨고 있다

나 또한 떨고 있었다. 어두움의 문 앞에 선 듯

화엄 화엄… 주승의 읊조리는 소리에 눈을 뜨니

경내 가득 달리아 붉은빛이 눈부시다

내생에 만날 수 있을까, 우주 법계의 온갖 덕

막고굴 17호*

긁히고 깎인 벽면 부처인 듯 엷은 미소

혜초의 고향 그리던 맘** 아프게 담겼던 곳

생명이 살아 숨 쉬던 사방 터에 나, 서 있네

* 『왕오천축국전』이 발견된 곳.

** 『왕오천축국전』에 실린 '달밤에 고향길 바라보니'라는 시를 읽고.

그 음성

이천 년 전 아랍의 한 마을에서 듣던 달리다굼*
즉 소녀야 일어나라 죽은 아이를 깨운 소리
누구의 음성이기에 죽은 자를 살렸는가?

바람의 스침인가 땅이 울린 소리였나
분명히 하늘이 낸 사람의 소리였다
그 음성 기쁨의 소리 지금도 들을 수 있으려나

믿음이 상실되어 신도 울고 있는 인간의 땅
포탄 맞은 자리에 핀 야생화를 가만 보라
희망의 달리다굼은 지상 어디에나 번지리

*「마가복음」5장 41절에서 가져옴.

홍사성

천산북로

천산산맥은

이천오백 킬로가

민둥산이다 그런데도

골짜기에는 나무가 자란다

천산에서 흘러내린 눈 녹은 물

덕이다 산기슭 아래로는 나린강이

길게 흐른다 강물에는 산천어도 살고

송어도 산다 사람들은 그 옆에서 양떼와

함께 집 짓고 산다 경찰도 있기는 할 텐데 잘

보이지 않는다 별 큰일이 없어선지는 모르겠다

나도 별이었다

한밤중
오줌 마려워
유르트 문 열고 나와
파미르고원 밤하늘 쳐다보니
큰 별은 큰 대로
작은 별은 작은 대로
반짝이지 않는 별이 없었다

하늘 가득한 별들 모두
빛나는 별이었다

여행의 기술

잘 먹고
잘 쌀 것

잘 자고
잘 걸을 것

잘 웃고
숨 잘 쉴 것

그리고 무엇보다
잘 참을 것

야크

해발 삼천오백 미터 초지에서
풀만 뜯어 먹고 사는 야크는
버릴 게 하나도 없다

살은 고기로 내놓고
가죽으로는 벨트를 만들고
털은 카펫 짜는 데 쓰고
뿔로는 머리빗을 만들고
뼈는 먼 길 가는 이정표로 세우고
똥은 말려서 땔감으로 쓴다

유목의 나라 키르기스스탄을
주마간산한 나는
세상에 무엇을 남길 것인가

누구는 사람들에게
발바닥 두 개를 보여주었다 한다

레닌봉

멀리서 바라만 봐도
가슴 웅장해지는구나
낮은 봉우리 품어 안은
대장부의 품격이여
누만년 한결같으니
큰 산의 풍모 여실하도다

뒷모습 보고 싶다면
속살까지 보여주는구나
눈보라에도 구름에도
걸림 없는 위풍당당이여
잘난 체하지 않아도
존재 자체로 우뚝하도다

계단

오시의 술레이만산은
바위산 전체가
계단이다

올라갈 때는
한 발자국 한 발자국
천천히
올라가라고
넘어지지 말라고

내려갈 때는
한 발자국 한 발자국
조심조심
내려가라고
헛발 딛지 말라고

오시의 술레이만산은
바위산 전체가
계단이다

자이마 바자르

한 평 아니면
두 평에서
복작대는 삶이다

옷 가게 빵 가게 신발 가게 모자 가게

사람이
살아가는 일
어디서나 엄숙하다

별것 아니었다

서울서는 이름깨나 있는
시인도 소설가도 평론가도
알아보는 사람 아무도 없었다

알마티공항 환승 대합실
여기서는 모두
지나가는 여행자일 뿐이었다

면세점 술병 가격표처럼
고개 숙일 일도 거만할 일도 없는
너나 나나 거기서 거기였다

가끔 핸드폰 열어보면서
이런저런 생각 잠긴
밤 비행기 기다리는 승객이었다

나의 파미르고원

해발고도 너무 높고 험해서
제대로 넘어보지 못했다

공부산맥 카라코람은 총명이 부족해서
연애산맥 힌두쿠시는 소질이 없어서

출세산맥 히말라야는 손 비빌 줄 몰라서
재수산맥 톈산은 점을 잘못 쳐서

넘어가기 쉽지 않았다
중간에서 허둥대기 일쑤였다

달마가 서쪽으로 간 까닭

달마는
짚신 한 짝 둘러메고
파미르 서쪽으로 갔다 합니다

우리는
신발 두 짝 갖춰 신고
다시 동쪽으로 돌아왔습니다

그래봤자
너도 신고 나도 신는
뒤축 꺾어진 신발이었습니다

오늘도
바람은 동쪽으로 불고
구름은 서쪽으로 흘러갑니다

이정

파미르고원 생환기

1

사방에 부드러운 등고선으로 이루어진 초원이 펼쳐졌다. 온통 누런빛으로 물들었다. 두어 주 전까지 들꽃이 지천이었다고 했다. 말, 소, 양 떼들이 한가로이 풀을 뜯었다. 어떤 말은 아무런 근심이 없다는 듯 발랑 드러누웠다. 말을 탄 목동이나 목동을 돕는 개도 느릿느릿 걸었다. 현대적 이기를 등한히 할 수 없다는 듯 오토바이에 걸터앉은 목동도 가끔 눈에 띄었다. 우리 일행 열두 명이 분승한 밴과 SUV는 그런 풍경을 거느리고 송쿨호수로 이동하는 중이었다.

"일정을 빡세게 짰네. 구경 못 다녀 환장한 놈들처럼."

대장 상문 형이 투덜거렸다. 형은 여정을 협의한 카톡 대화방에 참여하지 못했다. 비슈케크 공항에 내려서야 세세한 행선에 마음을 주었나 보았다.

"역시 나이는 못 속이시겠죠? 카톡도 할 줄 모르시니."

옆자리 경철 형이 상문 형의 어깨를 주무르는 시늉을 했다.

"약 먹었어?"

영재 형이 정색하고 끼어들었다. 때늦은 불만이 번져 분위기를 망치지 못하도록 할 셈일까? 우리는 일상을 형성해

온 자질구레한 인연의 끈에서 툭 끊겨 나온 고무된 감정에 젖어 있었다.

"고산증 예방에 좋다는 약은 다 먹었어."

"그거 말고 특별한 약. 그깟 두어 군데 끼워 넣은 것 가지고."

"나는 괜찮아. 너희들을 염려하는 거야."

곁에서 듣던 우리는 피식 웃었다. 일행 중 상문 형은 추인 형과 함께 제일 연장자로 여든에 가까웠다. 제일 어린 나와는 열 살 차이.

"천삼백 년 전 혜초 스님은 한겨울에 걸어서 파미르를 넘었어요."

경철 형이 상문 형을 달랬다.

"고산 적응 훈련을 하고 파미르로 가야지요."

사성 형도 농담을 던지며 끼어들었다. 상문 형은 일단 할 말을 했다는 듯 눈길을 창밖으로 돌렸다. 앞으로 힘들다는 말을 해선 안 된다고 쐐기를 박는 대장다운 처신일까?

우리의 최종 목적지는 파미르고원이다. 톈산산맥, 쿤룬산맥, 카라코람산맥, 힌두쿠시산맥이 서로 머리를 들이받고 치솟아 올라 해발고도가 평균 6천1백 미터에 이르러 세계의 지붕이라 불린다. 뿐만 아니라 대항해시대 이전 동서양의 교역로였던 실크로드의 길목이며, 한민족의 뿌리로 알려진 알타이족이 살던 곳이다. 그곳에 가기를 3년 전부터 별렀다. 코로나 팬데믹이 아니었다면 진즉 왔을 것이다.

지난 8년 동안 우리는 1년에 한 번씩 오지 여행을 이어왔다. 차마고도茶馬古道, 실크로드 등지를 다니며 4천 미터 이상의 설산들을 오르내렸다. 두통과 구토, 무기력증, 호흡곤란 따위로 생고생을 했다. 사막에서는 개처럼 혀를 빼고 헐떡이며 땡볕과 싸웠다. 그러는 사이 우리는 평균 나이 70대 초반에 이르렀다. 전에는 4천 고지라 해도 올라갔다가 바로 내려왔다. 이번에는 줄곧 3천 이상 고지에 체류한다. 나와 사성 형은 심혈관에 스텐트를 두 개씩 박았다. 여자들에게도 건강상의 사정이 있으리라. 더구나 모두 문약한 문인들. 경력을 자랑하되 체력을 과시할 처지는 아니었다. 그래도 오지 여행의 열정은 식지 않았다. 여정에 송쿨호수의 남쪽과 북쪽 호반, 켈수를 끼워 넣는 데 누구도 토를 달지 않았다. 송쿨, 켈수는 파미르고원 가는 길목에 있는 곳이 아니다.

차가 나린을 벗어나자 포장도로가 끊겼다. 성숙한 여인의 엉덩이나 앙가슴을 닮은 초원과 계곡이 계속 이어졌다. 어느덧 우리는 톈산산맥 속에 깊이 들어왔다.

2

저녁 무렵, 일곱 시간을 달린 끝에 송쿨호수 북쪽 호반에 도착했다. 호수는 고도 3천 미터에 펼쳐진 거대한 분지 가운데 있었다. 너비가 19킬로미터나 된다고 했지만, 건너편 남쪽 호반이 불과 10리 남짓 떨어진 것처럼 빤히 보였다.

"커피믹스 봉지가 빵빵하게 부풀었네."

"저 호반도 만두처럼 부풀었어요. 내 마음도 마찬가지. 크큭."

숙소로 사용할 유르트 안에서 배낭을 풀던 효 형의 말에 내가 맞장구를 쳤다. 호반에는 대야를 엎어놓은 모양의 흙더미가 무수히 많았다. 가이드는 표면장력 효과라고 했다.

호수 오른편 초원이 붉게 타오르다가 등마루만 실루엣으로 남았다. 빵과 주스, 과일 따위로 저녁을 먹고 나는 영재, 경철 형과 함께 보드카 잔을 기울였다. 그때 사성 형이 유르트 출입문에 얼굴을 내밀었다.

"별도 안 보는 것들이 무슨 시인이야."

"효는 별을 안 봐도 시만 잘 쓰더라."

영재 형이 대꾸하며 일어섰다. 우리는 기다리던 시간이 왔음을 직감하며 우르르 밖으로 나갔다. 고개를 들지 않아도 함박눈이 내리듯 별들이 시야를 꽉 메웠다.

"미리내에 미리내가 왜 없는가 했더니 모두 여기로 왔네."

효 형이 감탄했다. 형이 문학상을 받았을 때 우리가 몰려가 뒤풀이를 한 설악산 만해마을 인근 식당 이름이 미리내였다.

"세상에! 이렇게 많고 크고 밝은 줄 모르고 있었네."

"은하수를 왜 밀키웨이라고 하는지 알겠어."

상문, 경철 형도 북돋아진 감정을 숨기지 않았다. 하늘 가운데를 남북으로 가로지른 은하수는 그야말로 하얀 우유가 흐르는 강 같았다. 우리의 눈길은 오랫동안 하늘에 머물렀다. 별자리를 잘 알지 못하는 내게는 카시오페이아자리와 전갈자리, 북두칠성 정도만 식별되었다.

"근데 사진을 찍었더니 그저 깜깜하기만 하네요. 귀국하면 거짓말쟁이가 되겠어요."

휴대폰 화면을 점검하던 나는 실망을 감추지 못했다.

바람이 차가웠다. 유르트로 돌아와 침상에 걸터앉은 사성 형이 돌연 침묵했다.

"사서 고생한다는 게 이런 건가?"

효 형도 사성 형이 자신의 상태와 견주어지는 바가 있는지 혼잣말을 했다.

섭씨 15도 정도였던 낮 기온은 밤이 되자 5도까지 내려갔다. 가져온 동복을 껴입었다. 출입문까지 단속하고 이불을 덮고 누웠는데도 추웠다.

3

일렁임을 멈춘 호수는 거울처럼 맑았다. 말과 유르트와 사람들이 동화 속의 삽화처럼 조화를 이뤘다. 속도와 소음이 사라진 평화로움, 그 자체였다. 해가 중천에 이르자 우리는 차에 올라 송쿨호수 남쪽 호반으로 출발했다. 차는 구릉과 구릉 사이, 또는 평퍼짐한 들판 가운데로 난 비포장도로를 오르내렸다. 비탈과 계곡을 피하여 뱀처럼 몸을 휜 길이었다. 이동하는 소 떼가 가끔 막아섰다.

두 시간 남짓 달려 앵무새고개 정상에서 멈췄다. 고도 3천2백 미터. 속리산 말티고개 같은 굽잇길이 발아래로 아스라이 보였다. 그 굽이가 서른세 개에 이른다나. 계절이 바뀌고 있어도 주변에 들꽃들이 드문드문 보였다. 누렇게 변색한 에델바이스는 지천이었다. 설표나 붉은늑대, 여우 따위의 맹수도 서식한다는데, 우리 눈에는 보이지 않았다.

"앵무새가 이 고개와 무슨 관련이 있나요? 열대 조류가 여기에 사는 건 아니겠고."

내가 가이드에게 물었다.

"굽잇길이 새가 비상하는 모습이라서 붙인 이름이랍니다."

그렇다면 하필 왜 앵무새? 지도에는 앵무새와 전혀 관계없는 '페레발 테스케이토르포Pereval Teskeytorpo'라는 지명으로 나와 있었다. 누군가 가볍게 불러본 것이 이름으로 굳어졌을까?

점심을 때우려고 돗자리를 펴는데, 위쪽에서 여자들이 웅성거렸다.

"채민 씨가 구토가 심해요."

지헌 형이 상황을 전했다.

식사 뒤 나와 사성 형은 같이 탔던 SUV를 채민 형에게 양

보했다. 추인 형이 채민 형을 보살피겠다며 동승했다.

오른쪽으로 다시 송쿨호수가 보이기 시작했다.

"저기가 2014년에 제1회 세계 노마드 경기가 열린 곳이지요. 아, 마침 경기 주 종목인 콕보루가 벌어지고 있군요."

가이드가 가리키는 곳으로 우리는 눈길을 돌렸다. 아무런 인공 시설물이 없는 호반에서 말을 탄 남자들이 뛰어다녔다.

"가축을 공격하는 늑대를 잡아 유목민들이 서로 던지며 논 데서 콕보루가 유래했습니다. 지금은 아이러니하게도 늑대 대신 양 사체를 득점 도구로 사용하지요."

한 선수가 양 사체를 가로채 골포스트인 타이카잔에 던져 넣었다. 득점을 한 팀이 환호성을 질렀다. 우리도 목청을 높여 축하해 주었다.

송쿨호수 남쪽 호반에 이르렀다. 유르트 앞 벤치에 나란히 앉아 호수를 배경으로 사진을 찍기도 하고, 호수에 투영된 하늘과 초원을 넋 놓고 감상하기도 했다.

캠프 식당에 둘러앉아 커피를 마시는데, 금용, 경 형이 황급히 뛰어 들어왔다.

"채민 씨가 고열과 구토에 시달려요. 이불을 뒤집어씌웠는데도 덜덜 떨어요."

상문 형과 여행사 대표가 채민 형 유르트로 달려갔다.

"고산에 오니까 분위기가 돌변하는군."

누군가의 근심을 흘려듣는 사이, 돌아온 상문 형이 채민 형을 일단 병원으로 옮겨야 되겠다고 했다.

"병원은 나린에 있습니다. 아시다시피 비포장길이어서 세 시간 정도 걸립니다. 지금 시각이 오후 7시인데 의사가 밤늦게까지 병원에 남아 있겠는지."

여행사 대표가 운전하는 SUV로 채민 형과 보호자 격인 추인 형이 떠났다. 가다가 무슨 사달이 나지 않을까? 나는 예고 없이 찾아오는 급성심근경색이라는 변고로 죽음의 문턱까지 간 적이 있었다.

멸치볶음, 고추장아찌, 볶은 고추장 따위의 밑반찬이 저녁 식탁에 올랐다. 채민 형이 서울서 만들어 온 것이었다. 우리는 침묵 속에서 식사를 마쳤다.

하늘이 흐렸지만, 남북으로 흐르는 은하수는 여전했다. 사성 형이 멍하니 유르트 침상에 걸터앉아 있었다. 일을 보면 가만있지 못하는 성미인데. 효 형은 이불을 쓰고 누웠다. 이곳으로 오는 도중 추인, 연향 형도 두통이 심한 것 같았다고 금용 형이 귀띔했었다. 모두 증세를 내색하지 않았다. 분위기를 나쁜 상태로 떨어뜨리지 않으려고 서로 애쓰고 있었다.

여행사 대표가 나린에 도착할 시간이 지났다. 전화가 잘 터지지 않는 톈산산맥 한가운데라는 사실이 차라리 위안이 되었다. 은하수는 북동 방향에서 북서 방향으로 흐름을 바꾸었다. 반달에 가까운 하현달이 은하수 오른쪽에서 속절없이 또렷했다.

4

아침까지 유르트 안이 따뜻했다. 땔감을 가져온 유르트 관리인에게 상문 형이 팁을 찔러준 덕분일까? 아니면 그제 밤 추위에 시달린 효 형이 관리인의 수레에서 장작 몇 개를 훔쳐둔 덕분일까? 가이드가 상문 형의 유르트로 찾아왔다.

"환자가 응급 상황은 벗어났지만, 밤새 고열에 시달렸답니다. 의사는 입원하거나 귀국하라고 권유한답니다. 심장이 좀 약하다네요."

처진 분위기 속에서 켈수로 가는 여정이 시작됐다. 초원을 이룬 부드러운 곡선이 물결처럼 사방에서 넘실거렸다. 양 떼와 소 떼들이 여전히 급할 것 하나 없는 일상을 누리고 있었다.

차가 앵무새고개 굽잇길로 내려섰다.

"고선지 장군이 톈산산맥을 두 번이나 넘었으니까 앞으로는 이 고개를 고선지고개라고 부릅시다."

효 형이 제의했다.

"아, 고선지 장군이 홍사성紅沙城을 쌓으면서 한 달 머물렀다고 하면 되겠습니다."

가이드가 사성 형의 이름을 끌어들여 맞장구쳤다. 자신 속으로 깊이 들어간 사성 형을 일으켜 세우려는 의도가 엿보였다.

"서사가 완성됐네. 이제부터 이 고개를 고선지고개라고

개명한다."

상문 형이 목소리를 높여 선포하는 체했다.

"이런 농담이 전래되어 전설이 되고, 마침내 역사로 굳어지는 법."

영재 형이 마침표를 찍었다. 분위기가 살아나고 있었다.

나린 시내 한 식당에서 점심을 먹었다. 여행사 대표를 따라 채민, 추인 형이 나타났다. 입원 치료 중인 채민 형은 된서리를 맞은 풀포기처럼 병색이 역력했다. 모두 다가가 위로와 격려의 말을 전했다.

채민, 추인 형을 남겨둔 채 여정은 계속되었다. 고도가 다시 3천 이상으로 높아지자 야크 떼가 보였다. 우리는 작대기 하나 걸쳐놓고 길을 막아선 검문소에 출입 허가서와 여권을 제시했다. 켈수는 중국 국경과 가까웠다.

"저기 마멋이 있네."

금용, 지헌 형이 가리키는 곳을 보자, 마멋이나 미어캣을 닮은 보박들이 여기저기 보였다. 마른 엉겅퀴와 흡사한 모습으로 앞발을 들고 서서 우리를 바라보거나 제 굴을 찾아 달음질쳤다.

멀리서 점점 다가오던 설산이 바로 코앞에 웅자를 드러냈다. 한 번도 녹아본 적이 없는, 바람과 자체의 무게에 의해서만 몸피를 줄일 뿐인 만년설이었다. 켈수호수를 8킬로 앞둔, 건설 현장의 함바를 닮은 게스트하우스에 저녁 무렵 여장을 풀었다. 3천3백 고지.

5

새벽, 일찍 일어난 경철 형이 숨을 거칠게 몰아쉬면서 부스럭댔다.

"물인 줄 알고 마셨더니 보드카네."

형은 어젯밤 늦게까지 영재, 사성 형, 여행사 대표와 함께 식당에서 술을 마셨다. 마시다 남은 보드카를 물병에 담아 왔으리라.

나도 일어났다. 옆방으로 갔다. 영재, 사성 형도 일어나 침상에 걸터앉아 있었다. 사성 형의 안색을 살폈다. 명상에 잠긴 것인지, 어떻게든 숨을 고르려고 애쓰는 것인지 알 수 없었다.

"왜 술을 드세요?"

"너, 담배 얼마나 피우냐?"

나를 물끄러미 바라보던 사성 형은 엉뚱한 질문으로 내 말을 받았다. 어젯밤 술은 안 마시고 자리만 지켰다. 네가 더 걱정된다는 뜻이었다.

"형도 과음하지 마시고 책이나 읽으셔."

사성 형은 앞의 영재 형에게 눈길을 돌렸다.

"왜 나한테까지 시비야. 그게 책 만드는 사람에게 할 소리야?"

영재 형은 '책만드는집'이라는 출판사를 운영하고 있다.

아침을 먹으려고 식당에 모였다.

"조금 전 추인 선생님한테서 전화가 왔습니다."

모두 여행사 대표에게 눈길을 돌렸다.

"채민 선생님의 고열과 설사 증세가 악화됐대요. 비슈케크로 철수시켜 귀국을 모색해야 할 듯해요. 한국 직항은 토요일에나 있어요."

있을 수 있는 일이 있어서는 안 될 일로 변해가고 있었다.

각자 말을 타고 켈수호수로 출발했다. 한 시간 반이 걸린다고 했다. 영재, 효 형은 걸어서 오르겠다고 했다. 영재 형에 대해서는 아무도 의문을 품지 않았다. 형은 무슨 산악회에 속해 자주 산에 오른다.

"산악인은 걷고, 등산객은 말 타고. 근데 효 형도 산악인이야?"

내가 효 형에게 물었다.

"나를 직시하고 싶어서."

몸이 성치 않은 형은 나름 무슨 각오를 한 눈빛을 보냈다.

말을 탄 우리는 초원을 지나고 개여울을 지났다. 새끼 당나귀 한 마리가 따라왔다. 말들이 들이받으며 구박했다. 새끼 당나귀는 그래도 눈치껏 따라왔다.

오른편으로 설산이 또렷이 다가오고 정면으로 하늘을 인 암벽 봉우리가 고개를 꼿꼿이 치켜들었다. 더는 갈 수 없도록 막아선 백여 미터는 됨 직한 암벽 사이에 쪽빛 호수가 펼쳐졌다. 고도 3천6백 미터 켈수. 분지가 아니라 암벽 속에 자리한 호수였다.

말에서 내리자 오른쪽 산 밑에서 영재, 효 형이 올라왔다. 우리는 두 패로 나뉘어 호수를 가로지르는 보트를 탔다. 보트는 호수 가운데 솟은 암봉을 돌아 켈수 안쪽으로 들어갔다. 절경 속에는 나무꾼과 선녀 같은 전설이라도 있을 법한데, 가이드는 알지 못했다.

"키르기스스탄에는 기록으로 보존된 역사가 없다시피 해요."

바위 부근에 주저앉아서 김과 참치로 버무린 주먹밥을 먹었다. 효 형은 걸렀다.

영재 형이 휴대폰으로 사진을 찍고 있었다. 휴대폰이 연향 형 쪽을 향했다. 연향 형이 호수를 배경으로 활짝 웃으며 폼을 잡았다.

"비켜요."

영재 형이 정색했다. 형은 옆의 말몰이 개에 초점을 맞추고 있었다.

"흥! 내가 개만도 못하구나."

말을 타고 하산했다. 영재, 효 형은 올 때와 마찬가지로 걸어서 내려갔다. 노란 가방을 등에 메고 말을 타고 다가오는 아주머니와 조우했다.

"택배 아주머닙니다."

가이드의 말에 잠시 품었던 의문이 풀렸다. 우리와 손을 마주 흔들며 아주머니는 켈수로 올라갔다.

게스트하우스로 돌아오자 비가 내렸다. 어둠이 깔리면서

우박으로 변했다. 앞개울 건너편 산정은 이미 하얗게 눈을 뒤집어썼다.

"우리의 목적지는 파미르야. 현지 적응 훈련은 이제 다 마쳤어. 낙오자가 발생한 게 안타깝지만, 힘을 내자고."

노익장이라더니 아직 끄떡없는 상문 형이 분위기를 추켜세웠다.

6

어제와 달리 하늘이 맑았다. 바람은 선선했다. 오시에서 아침 8시 파미르 하이웨이를 탔다. 중앙분리선이 없는 왕복 2차선 넓이의 아스팔트 포장도로였다. 오랫동안 보수하지 않아 덜컹대는 구간이 많았다. 채민 형의 보호자 역을 하던 추인 형이 전날 비슈케크에서 나흘 만에 합류했다. 비슈케크에서 오시까지는 비행기를 탔다.

오시 시내를 빠져나가는 중에 채민 형 소식이 전해졌다.

"퇴원해서 호텔로 이동했습니다."

여행사 대표의 전언을 듣고도 우리는 안심하지 못했다. 병증의 재발과 악화가 거듭됐기 때문이었다.

"일단 혼자만의 쓸쓸한 귀국을 피한 건 다행이에요."

버드나무들이 숲을 이룬 강가 풀밭 위에서 컵라면과 컵밥을 먹었다. 루어낚시를 하는 노인이 두엇 보였다. 대여섯

명 되는 꼬마들이 우리 주변을 맴돌았다. 사성 형은 식사를 걸렀다. 대신 꼬마들에게 자신의 컵라면을 먹였다.

톈산산맥 속을 오르내리며 계속 달렸다. 오후 2시 무렵 탈딕고개 정상 3천6백 고지에 닿았다. 들쑥날쑥한 산세와 야크 떼가 이룬 풍광이 중앙아시아의 스위스라는 말이 실감 났다.

"탈라스전투 때 고선지 장군이 이 고개를 넘었으리라고 추정됩니다."

가이드가 입을 열었다.

"751년 탈라스에서 벌어진 이 전투는 당나라가 아바스왕조를 침공하여 일어났지. 고선지 장군이 지휘한 당나라가 패했지만, 중국과 이슬람제국, 또는 동양과 중동, 중앙아시아 사이의 역사상 첫 전쟁이었어. 또한 중국이 독점하고 있던 종이 제조 기술을 이슬람 세계와 유럽에까지 전파하는 계기가 된 세계사적으로도 중요한 전쟁이었어."

한국제지협회장을 지낸 상문 형이 자세한 설명을 덧붙였다.

고개 아래 첫 마을 사르타시에 닿았다. 노란 돌을 나타내는 마을 이름처럼 마을은 다갈색 자갈로 이루어진 평원 가운데에 있었다. 주유소가 있는 갈림길에서 파미르 하이웨이는 중국 카슈가르로 가는 길과 타지키스탄 두샨베로 가는 길로 나뉘었다. 우리는 오른쪽 타지키스탄으로 가는 길을 택했다. 톈산산맥이 끝나고 파미르고원이 시작되었다.

멀지 않은 곳에 웅장한 설산이 모습을 드러냈다. 이 나라

남성들이 쓰는 전통 모자 악칼팍이 설산을 형상한 것이라고 하더니 희고 뾰쪽한 봉우리들이 악칼팍을 닮았다.

"저 설산으로 이어진 산맥이 파미르고원의 일부인 총알라이산맥입니다. 산맥 오른쪽에 솟은 설산이 키르기스스탄과 타지키스탄 국경에 걸쳐 있는 파미르고원의 두 번째 고봉인 레닌봉입니다. 높이는 칠천백삼십사 미텁니다."

우리는 설산을 향해 셔터를 눌렀다.

반 시간쯤 뒤 사르모굴 마을을 지났다. 경주의 오릉처럼 둥글게 부풀어 오른 노란 모굴이 주위에 널려 있었다. 오시서부터 달려온 파미르 하이웨이와 작별했다. 왼쪽 자갈길로 들어섰다. 두 시간 정도 더 달리면 우리의 최종 목적지 레닌봉 베이스캠프에 도착한다.

7

오후 4시 반, 커다란 모굴을 돌자 시야를 확 트며 레닌봉을 배경으로 한 호수가 반겼다. 3천5백 고지. 모굴들로 둘러싸인 쪽빛 호수에는 쪽빛 하늘이 담겼다. 물이 가득 찼을 때의 백록담만 할까? 레닌봉 베이스캠프는 호수 건너편에 있었다.

"이런 호수가 이 주변에 사십여 개나 됩니다. 모두 눈 녹은 물을 담고 있지요."

우리는 차에서 내려 설산이 비낀 호수 풍경에 감탄사를 쏟아냈다. 일부는 호수 주변을 산책했고, 일부는 캠프를 이루는 유르트까지 걸어갔다. 유르트는 철수를 준비하는 듯 성수기의 흔적을 지우고 있었다.

저녁 식사 자리에서 가이드가 반주로 설련화주雪蓮花酒를 내놓았다.

"삼천 고지 눈 속에 핀 설련화를 제가 직접 채취해 보드카에 담근 술입니다."

우리는 드디어 최종 목적지에 왔음을 자축했다.

"내일은 종일 저 레닌봉 밑까지 트레킹을 합시다."

"암요, 레닌봉을 오르지는 못해도 턱밑까지는 가야지요."

상문 형이 가이드의 말을 흔쾌히 받았다. 나는 형이 자신보다 우리를 걱정한다는 첫날의 말을 절감하며 일행을 둘러보았다. 잔을 마주 들었지만, 모두 지친 기색이 역력했다. 누구나 인내력의 한계치에 근접해 있었다. 누가 슬쩍 건드리기만 해도 펙 터질 지경이었다.

식사를 겨우 마친 사성 형이 유르트 침상에 또 멍하니 앉아 있었다. 병든 닭처럼 눈동자가 힘을 잃었다.

"호흡이 안정이 안 돼."

이러다가 병원에 실려 가지 않을까?

밤이 오고, 유르트 지붕 위에 솟은 양철 굴뚝에서 하얀 연기가 풀풀 날렸다. 내 유르트에서는 경철 형이 영재 형과 보드카를 나누고 있었다.

"대장님, 이리로 좀 오세요."

나는 상문 형 유르트에 들리도록 큰 소리로 외쳤다. 술자리가 벌어진 줄 알면서도 상문 형이 왔다. 형이나 나나 지금까지 술을 경계해 왔다. 경색되어 가는 분위기를 푸는 데는 술만 한 것이 없었다. 나는 상문 형에게 보드카를 한 잔 따랐다.

"사성 형 상태가 좋지 않아요. 일행 대부분 도긴개긴이에요. 트레킹 시간을 절반으로 줄입시다. 오후엔 오시로 내려갑시다."

나는 마음속에 고인 말을 꺼냈다.

"효는? 여성들은?"

"다들 아직은 버티고 있어요."

상문 형이 마지못해 일행을 모두 불러 모았다. 제안이 만장일치로 받아들여졌다. 얼마나 벼르고 온 파미르인데, 라는 말을 누군가 할 법한데 이견이 없었다.

8

"으으흐, 추워. 죽을 것같이 추워. 일어나서 불을 피워봐."

새벽, 경철 형이 난로에 불을 피우려 애썼다. 어제 술을 마시다 버린 종이컵과 옷가지를 쌌던 봉투 따위를 난로에 넣고 라이터를 당기는가 보았다. 불빛이 번쩍했다가 사라지기를 거듭했다. 술을 마신 채 잠자리에 든 탓에 석탄가루를 넣을 시간을 놓쳤다. 몹시 추워 선잠 상태에 있던 나는 눈을 떴다. 경철 형은 웃통까지 벗은 팬티 바람이었다.

"어떻게 종이로 석탄에 불을 붙여요. 옷 입고 이불 속으로 들어가요."

나는 일어나지 않았다. 되레 이불을 뒤집어쓰고 귀를 막았다.

"으으흐, 추워. 죽을 것같이 춥다니까."

나도 온기가 몹시 그리웠다. 버틸 때까지 버텼다. 마지못해 일어나 관리인을 찾아가 하소연했다. 돌아오면서 보니 유르트들 뒤편 텐트에서 반소매에 반바지 차림의 서양 여성이 기어 나왔다. 엊저녁 그곳에 텐트를 치기에 설마 저기서 자랴, 생각했었다.

햇살이 유르트 문 사이로 스며든 시각에 우리는 레닌봉을 향해서 출발했다.

"가시다가 힘에 부치시면 제자리에 계세요. 가실 수 있는 만큼만 가세요."

여행사 대표는 트레킹 시간을 단축하자는 제안을 잘 이해했다.

구릉을 지나고 또 다른 호수를 만났다. 아침 햇살에 빛나는 레닌봉이 잔잔한 호수 속에 오롯이 담겼다. 호반에서는 서너 마리의 말들이 유유히 풀을 뜯었다. 개여울을 건너고 비탈길을 올랐다. 아래편 계곡과 건너편 구릉이 어우러진

대자연의 파노라마가 펼쳐졌다. 이런 광경을 보려고 생고생을 하며 여기까지 왔구나. 탄성이 절로 터졌다.

뒤편이 소란스러웠다. 금용 형이 여울가에 주저앉아 있었다.

"삔 것 같아요."

상문 형과 나는 달려가 발목을 잡아 흔들고 빼고 하면서 나름 응급조치를 했다.

우리는 느린 걸음으로 트레킹을 계속했다. 기온이 올라 선선했다.

"저게 야생 파 군락집니다."

여행사 대표가 가리키는 곳에는 대파가 여러 포기 자라고 있었다.

"저 파 때문에 파미르라고 한다는 우스갯말이 있습니다. 러시아 말 미르는 '세계', '우주'란 뜻이거든요."

오전 10시. 레닌봉 코앞에 다다랐다. 3천6백 고지. 앞은 가파르고 미끄러운 자갈길, 아래는 계곡이었다. 연향 형, 나, 효, 경철, 상문, 금용 형 순으로 여기까지 왔다. 모두 가쁜 숨을 몰아쉬었다. 금용 형은 등산용 스틱을 짚은 채였다.

"파미르가 우릴 여기까지밖에 허락하지 않네요."

나는 앞서려는 효, 경철 형을 가로막았다. 나머지 일행은 우리가 지나온 저 밑에 멈춰 서 있었다. 혜초 스님은 눈과 얼음, 사나운 바람과 맞서며 여기를 지나갔다.

돌아오는 길에 연향, 지헌 형이 비탈에서 미끄러졌다. 밑에 아찔하게 입을 벌린 계곡 위에서 넘어졌다. 옆 사람들이 재빨리 붙잡아서 사고로 이어지지는 않았다.

9

아잔 소리가 은은하고도 아득히 들렸다. 가까운 곳에 모스크가 있는가 보았다. '알라는 위대하다. 나는 그것을 증언한다. 기도하러 오라. 구원받으러 오라. 잠자는 것보다 기도하는 게 낫다.' 뭐 이런 염송이라고 여행사 대표가 한 말이 기억났다.

나는 침대에서 일어나지 못했다. 내 입에서 저절로 새어나오는 '아이고'라는 신음과 누적된 피로의 상관관계를 헤아렸다. 그러다가 어제 돌아오는 길에 탈딕고개에서 경 형을 박절하게 대한 것을 후회했다. SUV에 탔던 형이 밴으로 옮겨 타야겠다고 내게 말했다. 대장에게 할 말을 왜 내게 하느냐고 말을 잘랐다. 과거에 내가 총무 노릇을 한 적이 있었다. 가장 어리다는 이유로 대장이라고 얼러 부르며 잡심부름을 시켰다. 형은 그 시절을 지우지 못하고 있었다.

아잔이 끝났다. 눈을 떴다. 여명이 밝아오고, 노란 불을 단 앞 건물 창문의 모습이 점점 뚜렷해지는 초록 포플러 가지 속으로 사그라들고 있었다. 옆 침대의 사성 형은 누운 채 휴대폰을 보는 중이었다. 어젯밤 오시의 이 호텔에 투숙한

직후에는 코피를 쏟았다.

레스토랑으로 내려갔다. 상문, 영재, 효, 경철 형과 함께 원탁에 둘러앉았다.

"혜민 형은 어떻대요?"

효 형이 혜민 형을 일깨웠다.

"함께 귀국하는 데 문제가 없대."

상문 형의 대답을 들으며, 나는 이번 여행이 우리의 마지막 여행이 될 것임을 예감했다. 머리의 지시를 몸이 받아들이지 않는 시기가 되었음을 깨달았다.

"형이 대단해요."

나는 열 살 위인 상문 형을 진정 존경 어린 눈길로 바라보았다.

"사성은 어때?"

"식당에 내려오지 못하는 사람들을 살피고 있어요."

"살아났군."

10

모두 짐을 챙겨 들고 호텔 로비에 모였다. 귀국하는 날이었다. 상문, 영재 형이 보이지 않았다. 영재 형한테서 전화가 왔다.

"방으로 올라와 봐."

사성 형이 앞장섰고, 내가 억지로 뒤따랐다.

침대가 아닌, 바닥에 대장 상문 형이 일자로 누워 있었다. 눈을 감은 채 죽은 이처럼 꼼짝하지 않았다. 겁이 덜컥 났다. 흔들어 깨워도 아무런 대꾸를 하지 않았다. 다행히 숨은 쉬고 있었다.

김금용

1997년《현대시학》등단. 시집『각을 끌어안다』『핏줄은 따스하다, 아프다』『넘치는 그늘』『광화문 쟈콥』외 한중 번역시집 다수 있음.

김영재

1974년《현대시학》등단. 시집『상처에게 말 걸기』『유목의 식사』『녹피 경전』등. 중앙시조대상, 고산문학대상 등 수상.

김일연

1980년《시조문학》등단. 시집『아프지 않다 외롭지 않다』『먼 사랑』, 번역시집『꽃벼랑』, 시평집『시조의 향연』등. '시조튜브' 대표.

김지헌

1997년《현대시학》등단. 시집『심장을 가졌다』『회중시계』『배롱나무 사원』등. 풀꽃문학상 등 수상.

김추인

1986년《현대시학》등단. 시집『모든 하루는 낯설다』『해일』『자코메티의 긴 다리들에게』, 산문집『그러니까 사막이다』등. 한국예술상, 한국서정시문학상 등 수상.

백우선

1981년《현대시학》시, 1995년《한국일보》동시 등단. 시집『훈暈』, 동시집『염소 뿔은 즐겁다』등. 김구용시문학상 등 수상.

윤효

본명 창식昶植. 1984년《현대문학》등단. 시집『물결』『얼음새꽃』『햇살방석』『참말』『배꼽』. 영랑시문학상, 풀꽃문학상, 유심작품상 등 수상.

이경

1993년《시와시학》등단. 시집『푸른 독』『오늘이라는 시간의 꽃 한 송이』『야생』등. 유심작품상, 시와시학상 수상

이경철

2010년《시와시학》등단. 시집『그리움 베리에이션』, 평전『미당 서정주 평전』등. 현대불교문학상, 질마재문학상, 유심작품상 등 수상.

이상문

1983년《월간문학》등단. 소설집『이런 젠장맞을 일이』, 장편소설『황색인』『붉은 눈동자』『잃어버린 시간』등. 윤동주문학상, 한국펜문학상 등 수상.

이정

2010년《계간문예》등단. 장편소설『국경』『압록강 블루』, 소설집『그 여름의 두만강』등. 한국소설문학상 수상.

이채민

2004년《미네르바》등단. 시집『빛의 뿌리』『까마득한 연인들』외 3권. 미네르바문학상, 김달진문학상 등 수상.

조연향

2000년《시와시학》등단. 시집『제1초소, 새들 날아가다』등.

최도선

1987년《동아일보》신춘문예 시조 당선. 1993년《현대시학》소시집 발표 후 자유시 활동. 시집『물까치 둥지』『나비는 비에 젖지 않는다』, 비평집『숨김과 관능의 미학』등. 시와문화 작품상, 이호우이영도시조문학상 수상.

홍사성

2007년《시와시학》등단. 시집『고마운 아침』『내년에 사는 法』『터널을 지나며』등. 한국시협상 수상.《불교평론》발행인 겸 편집인.